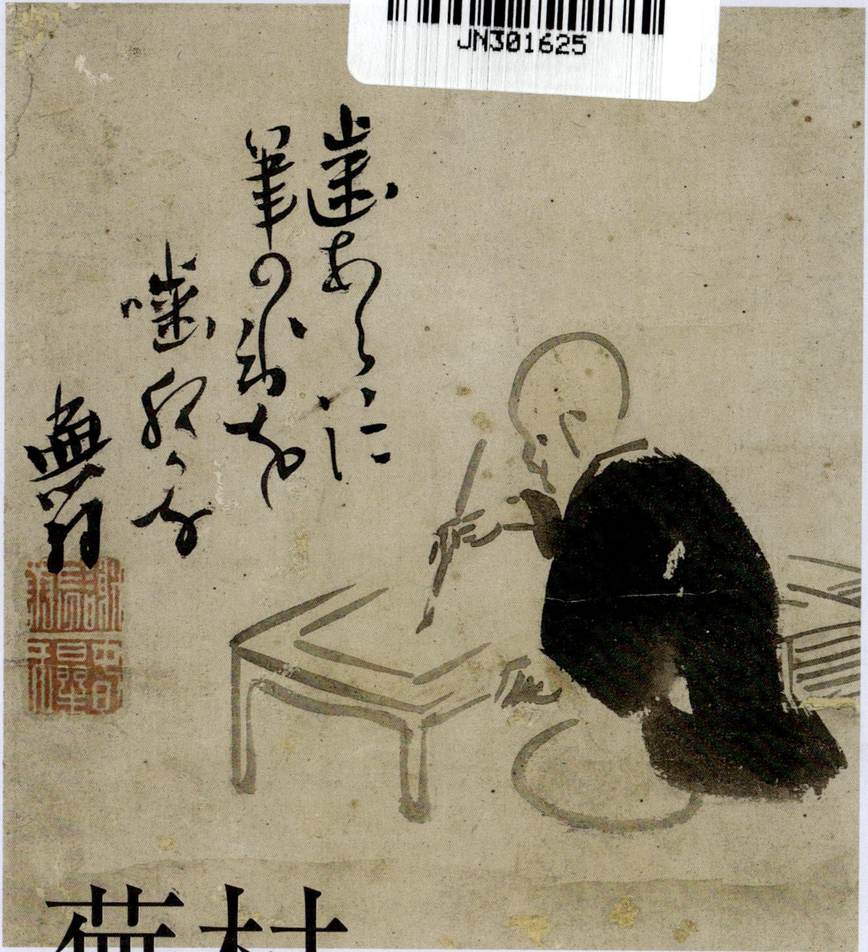

蕪村

放浪する「文人」

佐々木丞平◆佐々木正子
小林恭二◆野中昭夫

新潮社

目次

第一章

蕪村　江戸の総合芸術家

佐々木丞平［ささき・じょうへい］
佐々木正子［ささき・まさこ］

蕪村は名刹にも腕をふるう京都画壇のスターだった
銀閣寺こと慈照寺の方丈には、蕪村の襖絵で飾られた2部屋がある　《棕櫚叭々鳥図》の間から《飲中八仙図》の間を望む　撮影＝松藤庄平

I 蕪村、二十の旅立ち

Q　蕪村というと、現在ではすっかり俳人というイメージが定着していますね。

A　意外かもしれませんが、蕪村が俳人として認知されたのは、近代以降、実は正岡子規が蕪村を俳人として再評価してからのことです。それまでは、どちらかというと絵師として認識されていました。

　俳人としてはいうまでもありませんが、蕪村は絵師としても超一流だった人物です。しかも、俳句や詩などの文学的表現と絵画・書という視覚的表現、この二つが見事に彼のなかで融合していました。

これまでは、とかく俳人としての蕪村と絵師としての蕪村が、バラバラに評価されてきたように思います。しかし、もともと蕪村は中国の文人のあり方を肯定し、文人芸術に見られる、異なるジャンルに身を置くことを積極的に試みていました。それにより新たな視点を得、異なるアプローチを通して、総合的にものの本質を解明しようとする姿勢を常に持ち続けていたといっていいでしょう。一つのジャンルからだけでは把握しにくい本質を多面的アプローチで捕え、それを統合した芸術世界を目指していたと思います。そうした総合芸術家として蕪村の世界をトータルにとらえる必要があると思います。

Q　なるほど。それではまず、出生からおうかがいしたいのですが。

A　蕪村は、吉宗が将軍になった享保元年（1716）、摂津国東成郡毛馬村で生まれました。現在の大阪市都島区毛馬町、淀川と旧淀川が分岐するあたりです。

Q　生家はどんな家ですか？

A　彼自身は父母のことを何も書き残していません。しかし蕪村の高弟・高井几董が、蕪村の最期を記録する『夜半翁終焉記』を書くにあたって、はじめは「難波津の辺りちかき村長の家に生ひいで」としるしたのち、「村長」を「郷民」とあらためて、さらに「郷民」も消して、ただ「浪速江ちかきあたりに生たち」と書き直している。蕪村ときわめて親しく、家庭の事情などにも通じていた人がなぜそんなことをしたのかと研究者の関心を大いによんでいる点です。出生に関して公にできない秘密があったのではないか、妾の子だったのではないかと推測する人もいます。たしかに、彼は故郷に対して何かしら暗いイメージをもっていたのではないでしょうか。若いときに毛馬を離

『澱川両岸一覧』より「毛馬」の図
文久元年（1861）　紙本着色
幼き日の蕪村は、淀川（澱川）沿いの毛馬堤でよく遊んだという　財団法人東洋文庫

れてのち、蕪村は一度も故郷に帰っていないのです。

Q　蕪村はどのような少年時代を過ごしたのでしょう。

A　弟子にあてた手紙のなかで「余幼童之時、春色清和の日には、必友どちと此堤上にのぼりて遊び候」と記しています。

のどかな田園風景が広がっていた毛馬で幼い日々を送ったことが理解されます。それ以外は全く不明で、確実なのは、22、23歳のころには江戸にいたということだけがわかっています。

Q　江戸とは、ずいぶん遠いですね。

A　おそらく俳諧に対する強い関心が蕪村にあって、まず俳諧で身を立てようと考えたのでしょう。当時、江戸にいた宋阿（そうあ）という俳諧師の門人句集に彼の名が記されています。蕪村は、この宋阿の内弟子になり、生活の面倒をみてもらっていたようです。

Q　師匠・宋阿はどういう人ですか？

A　芭蕉の弟子の其角や嵐雪に俳諧を学んだ宋阿は、10年ほど京都俳壇で活躍したのち、江戸に戻り日本橋本石町に庵を結び夜半亭（やはんてい）と称していました。2代目市川団十郎や初代沢村宗十郎といった当時の人気スターともつきあいがあり、門人句集に彼らも句を寄せています。「それ、俳諧の道や、必ず師の句法になづむべからず。時に変じ時に化し……」という宋阿の言葉がありますが、俳諧を形式的にしばることなく、弟子にも自由性を与えていたことが理解できます。蕪村ものちに俳諧というのは自在なもので、師の教えに固執するような保守的なものではないことを学んだと述懐しています。蕪村芸術の何ものにも捕われない自由な創作性の基盤となったのが、この師宋阿の思想であったと言えるでしょう。芸術家蕪村の生き方に大きな影響を与えた人物です。

Q　その頃、蕪村は絵も描いていた？

A　宋阿の友人・露月（ろげつ）が元文3年（17

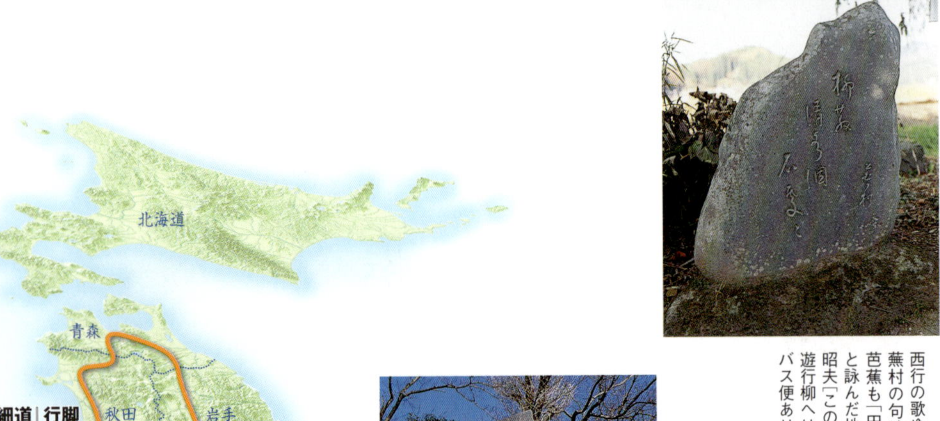

西行の歌ゆかりの地那須の遊行柳にある蕪村の句碑「柳散清水涸れ石処々」芭蕉も「田一枚植えて立ちさる柳かな」と詠んだ地を蕪村も訪ねた　撮影＝野中昭夫［この見開き頁すべて］
遊行柳へは、ＪＲ東北本線黒田原駅からバス便あり

蕪村放浪地図

Map Design: 白砂昭義（ジェイ・マップ）

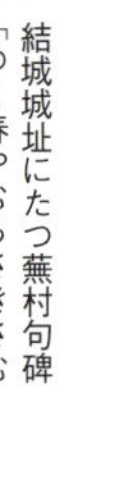

結城城址にたつ蕪村句碑「ゆく春やむらさきさむる筑波山」
結城城址へは、ＪＲ水戸線結城駅よりタクシーが便利
結城市内には、蕪村ゆかりの寺・弘経寺があり、蕪村筆の襖絵などが残る

東京都中央区日本橋室町4丁目に立つ「夜半亭跡」説明板にある『卯月庭訓』の蕪村処女句「尼寺や十夜に届く鬢葛」掲載頁
尼寺には無縁のはずの鬢油が十夜という念仏法要のさなかに届くというユーモラスな句に蕪村自筆の挿絵がつく
元文3年（1738）

京都市下京区仏光寺烏丸西入に立つ与謝蕪村宅跡（終焉の地）の石碑と説明板
斜め向いには、「しら梅に明くる夜ばかりとなりにけり」の蕪村辞世句碑あり（現在、工事中）

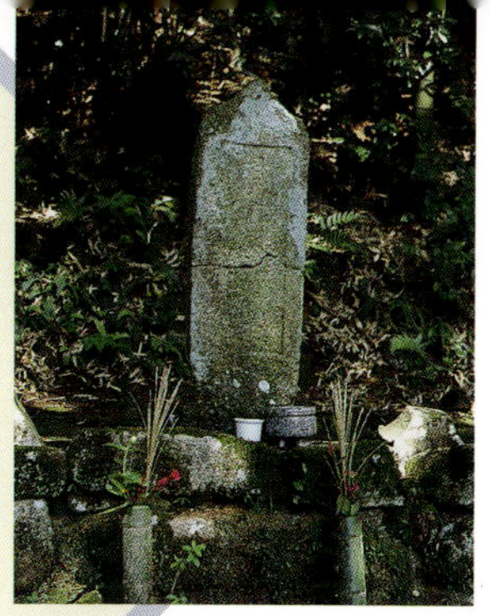

蕪村の母といわれる谷口げんの墓　京都府与謝郡与謝野町与謝にあり、近くを流れる野田川を少し下った川岸に「夏河を越すうれしさよ手に草履」の蕪村句碑が立つ　北近畿タンゴ鉄道宮津駅からタクシーが便利

1716……摂津国毛馬村（現・大阪市都島区毛馬町）で生まれる

1737……この年までに江戸に下り、俳人・夜半亭宋阿の内弟子となる❶

1742……下総結城のパトロンのもとに身をよせる❷

1743……この頃芭蕉の足跡をたずねて東北行脚にでかけ、冬結城に帰る❸

1744……宇都宮で「歳旦帖」を刊行、蕪村の号を使う

1751……京都に上り、寺社などを見物してまわる❹

1754……丹後に行き、宮津の見性寺に3年間寄寓❺

1757……帰京する

1766……讃岐へ出立する。そののち京都と讃岐を何度か往復する❻

1768……この年から京都に定住❼

1770……夜半亭の2代目をつぐ

1783……12月25日未明に没す。享年68歳。翌月、金福寺に葬られる

石川
福井
島根
鳥取
宮津
5 丹後・宮津で3年間寄寓
広島
岡山
兵庫
京都
滋賀
京都に
7
4
京都に定住
江戸に
6
讃岐と京都を何度か往復する
毛馬
讃岐地方
香川
大阪
三重
奈良
愛媛
徳島
和歌山
高知

丸亀市富屋町の妙法寺境内に立つ二つの蕪村句碑　正面は「門を出れば我も行人秋のくれ」　右手前は「長尻の春を立たせて棕梠の花」　寺へは丸亀駅から徒歩5分

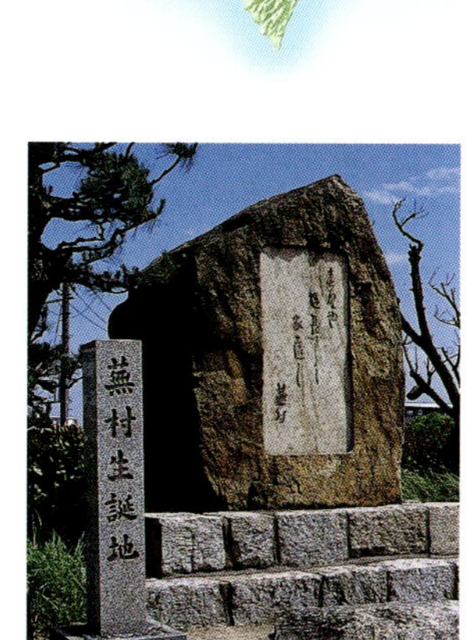

大阪市都島区毛馬町3丁目の淀川の堤の蕪村生誕地に立つ蕪村句碑「春風や堤長うして家遠し」

蕪村が師・宋阿などを描いた《俳仙群会図》　絹本着色　35.0×37.0　財団法人柿衛文庫
図の上方中央に芭蕉、その左端に宋阿

38）に編集した『卯月庭訓』に「尼寺や十夜に届く鬢葛」という蕪村の句が掲載されています。立て膝で手紙を読む女性を描いた版画がそえられていて、〝宰町自画〟となっている［6頁］。〝宰町〟というのは、蕪村の若い頃の号です。ですから、少なくとも20代前半に絵を描き始めていたことは確かです。

といっても、自分の句に簡単な挿絵をそえるのは、芭蕉もしていることで、当時の俳諧師にとって特に珍しいことであった訳ではありませんし、まだ本格的な絵画の制作は開始していませんでした。

蕪村が27歳のとき、師匠・宋阿が亡くなり、夜半亭一門の俳諧結社は消滅してしまいます。俳諧で身を立てようとしていた蕪村は、やむをえず下総・結城にくだることになります。

Q　結城を選んだのはなぜですか？

A　織物が盛んだった結城や下館には、砂岡雁宕を始めとする師匠の門人たちが数人住んでいたので、彼らを頼っていったのです。蕪村の生活は生涯を通して、

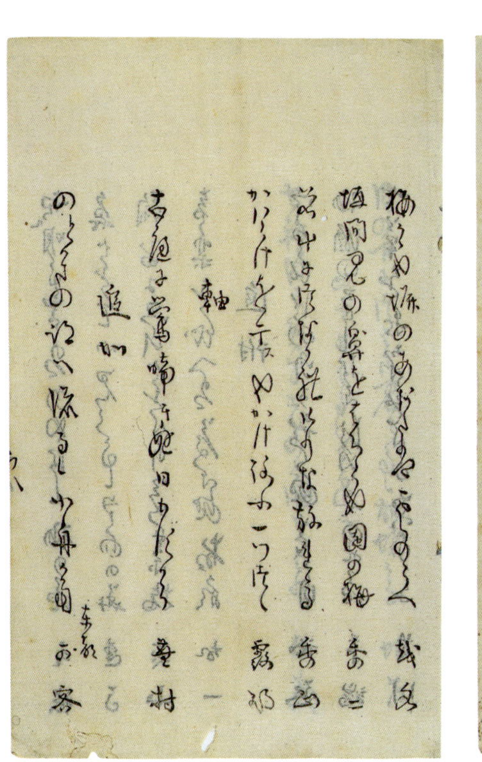
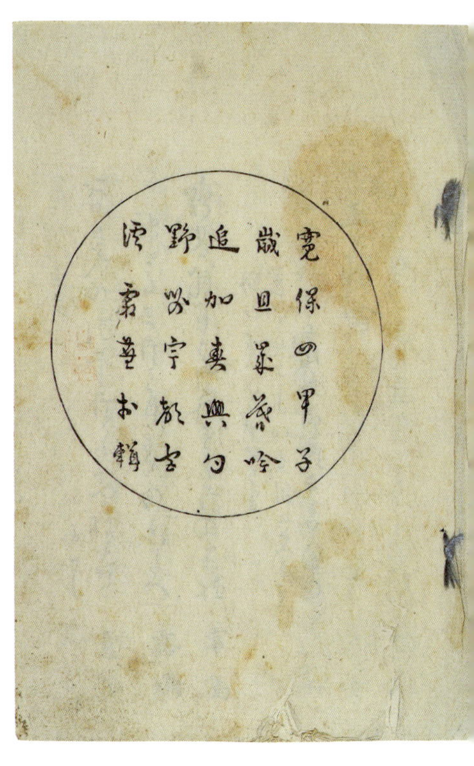

蕪村が最初に編集した俳書『寛保四年宇都宮歳旦帖』　延享元年(1744)
左の頁、後から3行目「古庭に鶯啼きぬ日もすがら」が蕪村の句で、蕪村という俳号が初めて使われた

俳諧の関係者を頼って世話になることが多かったようです。蕪村はこののちしばらく結城・下館を中心に活動することになりますが、一定期間滞在すると他所へ移り、俳諧仲間のもとで食客となるのは、これ以降、蕪村が諸所を遊歴するときのパターンとなります。

Q　俳諧は地方でも、そんなに盛んだった？

A　江戸中期は人々が生活向上の意欲を持ち始めた時で、文化的行為も活性化しました。様々な文化、学術のジャンルに人々は真剣に取り組み始め、地方の素封家や旦那衆が、教養として俳諧を学ぶのも、当時ひとつの流行となっていました。都市から地方にさまざまな文化が伝播していくのが、18世紀の大きな文化的特徴といっていいでしょう。

Q　蕪村は、結城でどんな活動をしたのですか？

A　寛保4年（1744）には、雁宕の女婿・佐藤露鳩（ろきゅう）の依頼で、宇都宮で新春の句を集めた歳旦帖［上］を出しています。

《追羽子図杉戸絵》 板絵着色 4面のうち3面 各167.1×84.1
柔らかな筆法の大和絵風で、絵師としての出発の決意をうかがわせる 下館の俳人仲間・中村風篁宅で描かれた

わずか17ページの小冊子とはいえ、これは蕪村が編集した最初の俳書であり、ここで彼は俳諧で身をたてる第一歩を踏み出したわけです。「蕪村」という俳号が初めて使われたのも、このときです。

また、結城での蕪村のパトロンのひとりであった早見晋我（しんが）という人物が亡くなったときには、のちにその死をいたみ「北寿老仙をいたむ」という仮名書きの詩を作っています。結城での人間関係の強い絆が感じられるもので「君あしたに去ぬゆふべのこころ千々に何ぞはるかなる……」と始まるこの詩は漢詩の雄大さと、近代詩につながる斬新さとを合せ持ったものでした。江戸中期という時代にはきわめてユニークな表現形式だったに違いありません。こうした自由性のある表現形式は晩年にも「春風馬堤曲」という、さまざまな詩の形式を自在にとりいれた傑作としてのこされています。彼の感受性豊かな詩的センスは、俳諧以外のあらゆるジャンルの韻文でもいかんなく発揮されました。

《漁夫図》　紙本淡彩　92.3×40.6
右図と同じ結城・下館時代でも、柔らかな筆線を特徴としていた初期のあり方から、漢画風の筆線へと転換する頃の作品 「浪花四明筆」の落款は生地・大坂にちなむか？

Q **絵画面では進展がありましたか？**

A 結城・下館時代は、蕪村の初期の絵画が比較的たくさん残っている時期です。《追羽子図杉戸絵》［上］のように、柔らかな筆法による大和絵風のものが多く、のびやかな表現ながら、絵師として本格的にスタートしようという意欲が十分うかがえます。

Q **どうして蕪村は絵師の道を志したのでしょう。**

A 俳諧師としてだけでは食べていけな

かったというのも生活面からの理由のひとつだったと思います。当時の社会においては絵画の需要がある程度あったこともあり、御用絵師のような本格的な職業画家以外にも、在野での仕事が得られたこと。また、当時は中国の文人的総合芸術スタイルが流行し始めた時でもあったので、蕪村も触発されて、異なるジャンルである絵画を手掛けてみようという意欲が生れたということもあったでしょう。そのまま絵師になることもできたでしょうが、しかし常に俳諧師でもあり続けたことが蕪村の絵画に大きな影響を及ぼした重要な点でもあります。

Q　俳諧師だったことによる影響について具体的に教えてください。

A　たとえば旅です。俳諧仲間を訪ねて諸国を放浪したのも、絵画制作に与えた影響のひとつです。様々なものを実見できたということは大きな経験として生かされたでしょう。富士を描いても、実際に富士を見たことが一度もない絵師も結構いたはずですから。また蕪村は眼に見

《文徴明八勝図模写》　8図のうち2図［左頁も］　紙本淡彩　各縦28.2
結城・下館時代の作で、模写は絵師修業の基本であることをうかがわせる
文徴明は中国明代の絵師で、その作品を当時、日本でも見ることができた

えるものだけを対象とすることにとどまらず、眼ではとらえきれない世界をも描こうとしましたが、物事の内面を探ろうとする俳諧的精神がなければ難しいことです。

Q　絵の師匠といえるような人はいたのですか？

A　文献によると、幼少の頃から絵を好み、伊信という絵師に手ほどきを受けた可能性もありますが、その画歴を見てみると、むしろ独学で自らの画風を築き上げたといえます。結城・下館時代の後半から、中国絵画に学んだ作品が描かれはじめますが、《文徴明八勝図模写》［上］は、明代の有名な文人画家・文徴明の絵を模写したもの。また『芥子園画伝』などの中国絵画の画風や筆法を掲載した挿図入りの版本を模写するのは、当時の画家の修業法としては非常によく行なわれていたことでした。少しのちの丹後時代の作品《四季耕作図屏風》［14～15頁］には、そうした版本の描写をそのまま取り入れた図柄も見られます。

《四季耕作図屏風》　六曲一双の左隻部分
紙本墨画淡彩　各155.5×356.0
当時の絵手本と全く同じ図柄がモチーフとなっており、
蕪村がそれらから表現を学んだことが明らかにわかる
たとえば『歴代名公画譜』にある周東頓の牛車図［下右］
や杜堇の唐箕図［下左］と見較べてみよう

また、享保16年（1731）に長崎に来日して、日本の絵師たちに大きな影響を与えた沈南蘋（しんなんぴん）という清の絵師がいますが、中国趣味の強い写実的画風を得意としていました。蕪村はその沈南蘋の絵画に一時傾倒し、彼の馬の絵などを模写的に学んだ作品をいくつか残しています。最初のうちは構図や描法などが原本にそっくりなのですが、しだいに蕪村オリジナルの表現に変化していきます。模写を通して吸収したものを自らの作風に完全に取り込んでいく。こうして他作品から独学で描写を学んでいったのです。

Q　絵画以外は、どんなことをしていたのですか？

A　結城・下館を足がかりにして、関東各地を旅しています。芭蕉の奥の細道の跡をたどって、秋田、青森、松島などをまわったりもしました。「道のべに清水流るる柳蔭しばしとてこそたちどまりつれ」と西行が詠んだとされる那須野の遊行柳は、芭蕉も訪れたところ。蕪村はこの遊行柳を前に、「柳ちり清水かれ石ところどころ」という句をのこしている。西行がかつて眼にした光景がその時には、すっかり荒れ果てていたのですね。各地を旅したのは、もちろん偉大なる先達・芭蕉に対する尊敬の念もあったでしょうが、当時は諸国、とりわけ芭蕉の足跡を行脚するのが、俳諧師になるための必要条件とされていました。俳諧で生計をたてるためのライセンスとでもいうべきものを蕪村も手に入れたわけです。

旅と絵画に明け暮れた結城・下館生活を終えて、蕪村は京都へ行くことになります。蕪村36歳のときでした。

蕪村は沈南蘋に傾倒するあまり馬だけでなく樹木もそっくりに
[右]沈南蘋 《寒林野馬図》 清代 絹本着色 153.1×43.5
[左]蕪村 《寒林野馬図》 絹本着色 128.4×55.0 文化庁

《野馬図屏風》 絖本着色 六曲一双 各166.8×366.0
京都国立博物館
この屏風の馬や樹木の表現にも沈南蘋の影響が色濃く出ている

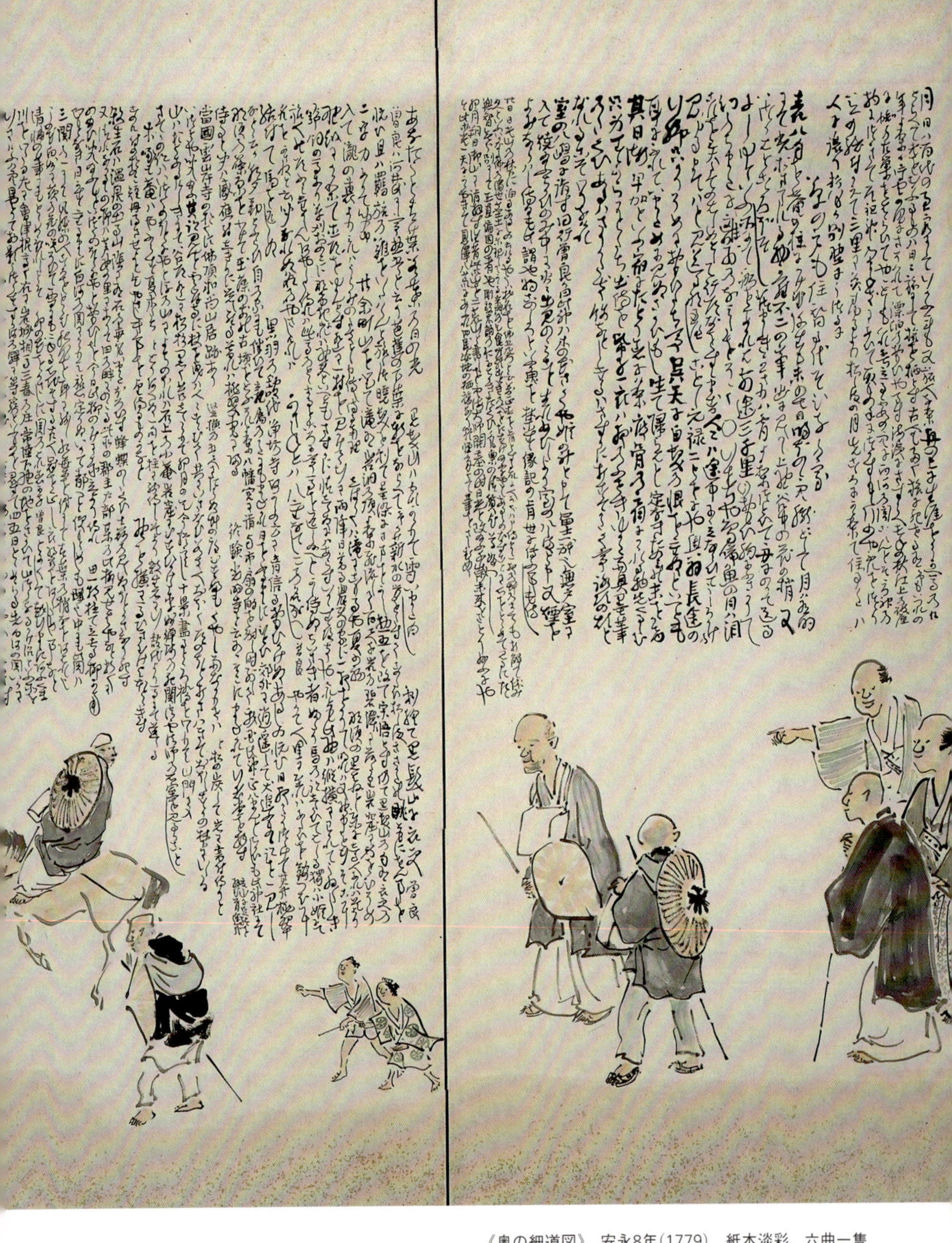

《奥の細道図》　安永8年（1779）　紙本淡彩　六曲一隻
139.3×350.0　山形美術館／長谷川コレクション
敬慕する芭蕉の奥の細道の跡を訪ねて歩いた頃ではなく、
晩年、一連の《奥の細道図》を集中して描いた時代の作
だが、屏風形式をとるものとしては唯一現存する作品
書画一体となった大作である

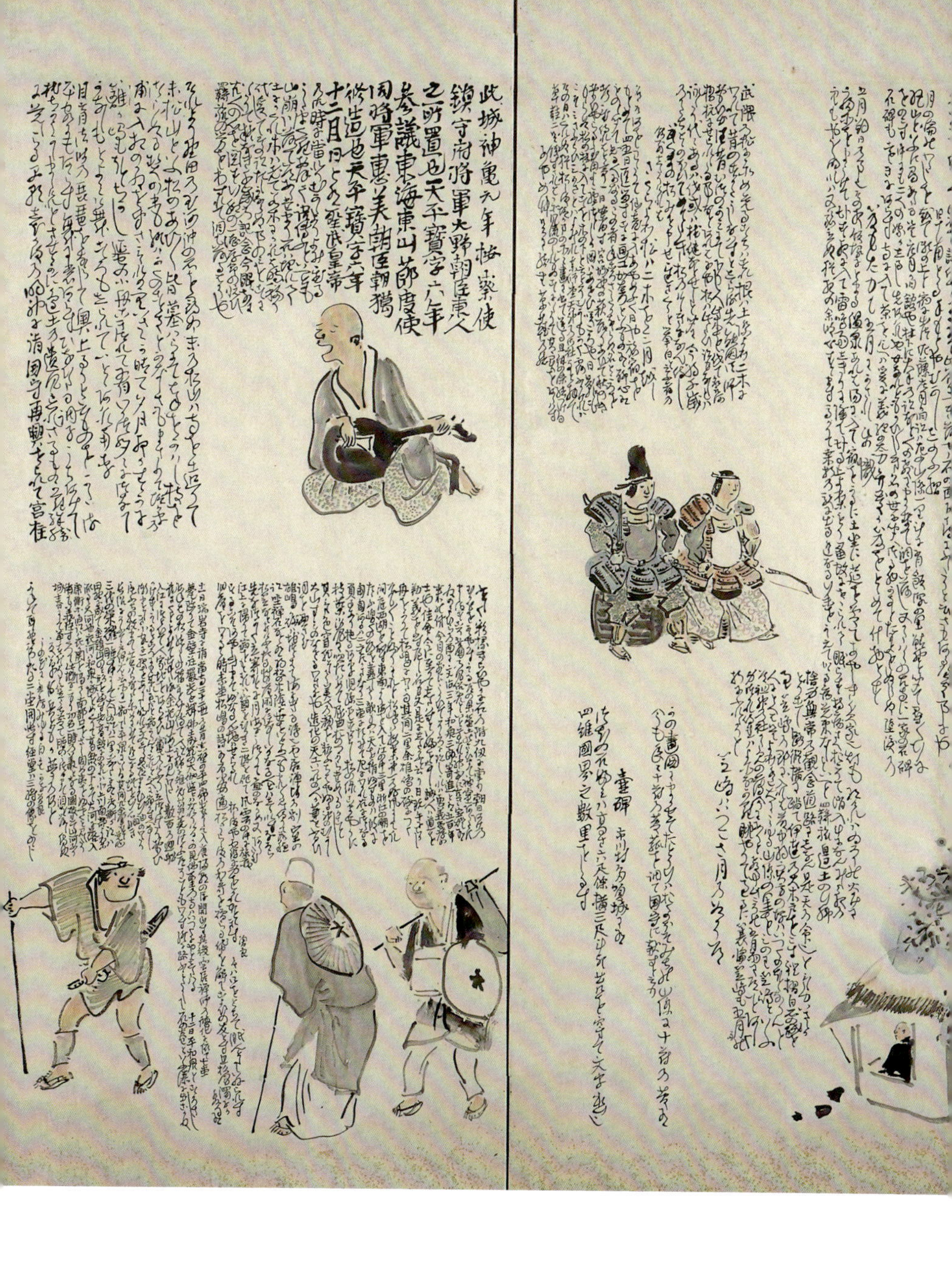
此城神亀元年 按察使
鎮守府将軍大野朝臣東人
之所置也天平寳字六年
参議東海東山節度使
同将軍恵美朝臣朝獦
修造也天平寳字六年
十二月一日
壺碑
四維國界之數里

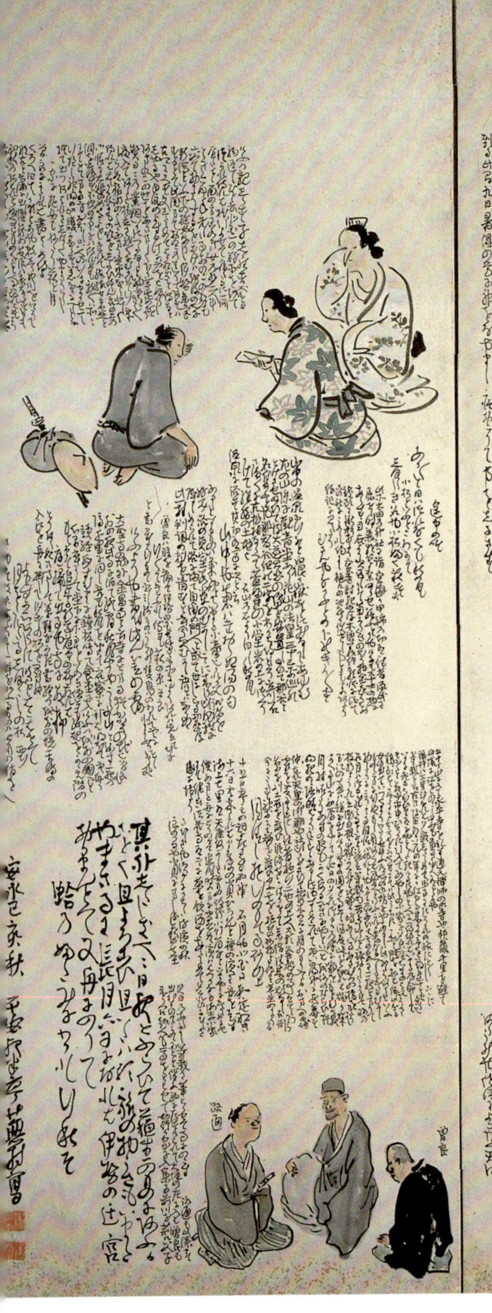
安永己亥秋　平安夜半亭蕪村書

II 修業時代

Q 結城・下館を離れた蕪村は、なぜ京都に向かったのでしょう?

A 蕪村は一つの土地に定住することより、新たな展開を常に求めるタイプでしたから、結城・下館での活動は充分だったのでしょう。江戸で芭蕉一門が活躍していたとはいえ、まだまだ上方が文化の中心だった時期です。久しぶりに都での文化的刺激を期待したのかもしれません。また、自らの活動の場を広げたいという思いもあったでしょう。

Q 京都での暮らしぶりはどうだったのですか。

A 宝暦元年(1751)、京都に着くと蕪村は、毛越や宋屋という俳句仲間をたずねます。蕪村の兄弟子にあたる宋屋は、京都俳壇の古老の地位をしめていました。宋屋とはその後、親密な交際が続くことになります。宋屋らとの会合でつくった発句がいくつかありますが、蕪村はまだ単なる一無名俳諧師にすぎず、当時の句作の確認は充分になされていません。絵画に関しても、この時期の作品は、現在のところ確認できず、いわば空白時代にあたります。

実は、その頃の様子を友人に知らせた手紙のなかで、京都のあちこちを見物して、とても面白く暮らしていると蕪村は述べているんです。「時鳥絵に啼け東四郎次郎」という句は、紫野の大徳寺を訪れて、東四郎次郎こと狩野元信の《四季花鳥図》を見たときに詠んだものです。京都の寺社には、さまざまな障壁画や中国、日本の古典絵画がたくさん保存されており、虫干しなどの折りにしばしば公開されていました。本格的な古典作品に直に触れ、学ぶ機会が得られたのです。京都でのこの時期は、蕪村にとって、技術や感性を磨いていた充電期といっていいでしょう。

Q 充電期間をへた蕪村は、宮津に向かうのですね?

A 宝暦4年(1754)、39歳のとき、蕪村は丹後の宮津におもむきます。宮津では見性寺という寺に、約3年間滞在しました。見性寺の住職は、俳号を竹渓といって、やはり蕪村の俳句仲間です。ほかにもそういう仲間が何人かいました。この宮津時代も、蕪村の俳句に関しては充分残されていないのですが、絵画に関しては、相当な数の作品が残っています。

Q どんな作品を描いたのですか?

A 宮津時代の蕪村の作品は、これが同一人物の手になるのかと思うほど、ヴァラエティに富んでいます。《方士求不死薬図屏風》[24~25頁] のような中国の人物を描いた漢画風のものをはじめ、大和

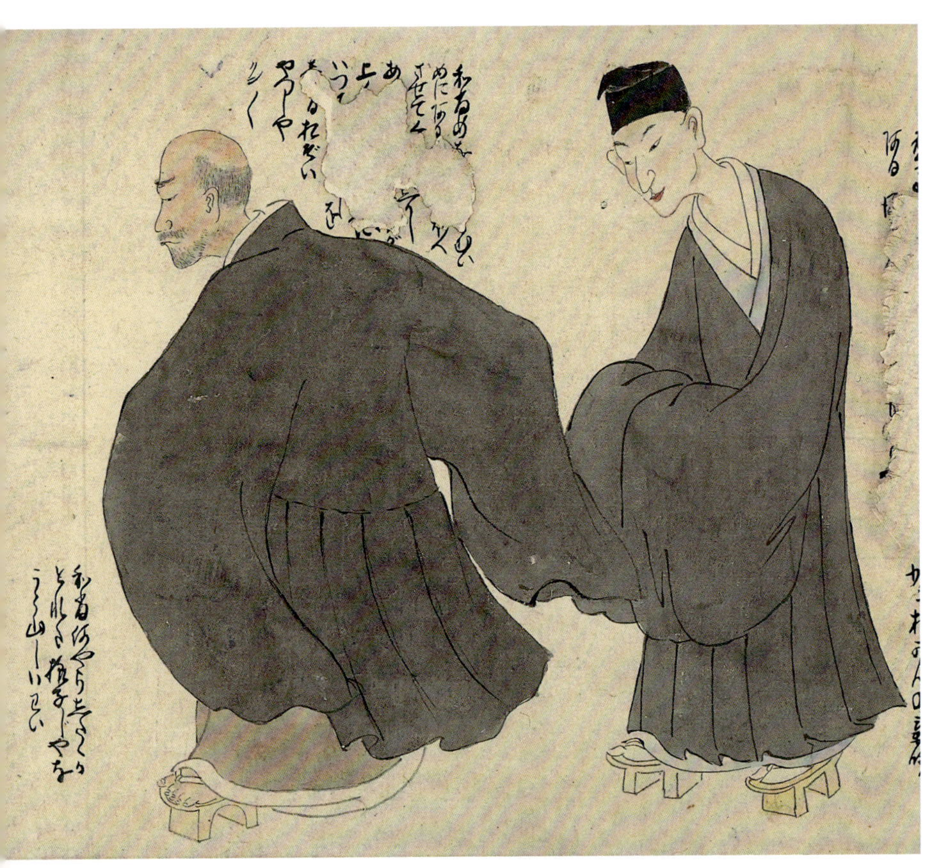

《三俳僧図》　紙本墨画淡彩　25.2×53.7
宮津での俳諧仲間の3僧を描いた図　左端は蕪村が滞在した見性寺の竹渓　詞書のなかの、彼らを風刺した箇所は、のちに線香の火で焼き消されたといわれている

絵タッチの作品から、中国の山水画風のもの、軽妙な風俗画、戯画、なかには妖怪をユーモラスに描いた画巻まであります。

Q　そんなにスタイルが多様だったのは、どうしてですか。

A　京都での充電期間中に、さまざまな絵画手法を自分の内部に蓄積してきた、そうした手法を実際に試してみたんだと思います。蕪村独自の画風を確立するための模索期だったわけです。なかでも《豊干経行図(ぶかんきょうぎょうず)》［26〜27頁］は、注目に値します。髭の赤や虎の目の金泥など、色彩的効果を意図的に狙った部分がみられるのです。それまでの蕪村の水墨画は色彩があっても補助的なものにすぎなかったのですが、この作品では、墨色の濃淡の調子も何段階にも使い分けて墨にも色彩的効果をもたせています。新たな画風へのチャレンジの始まりを予感させます。

Q　宮津の近くには与謝という土地もあるとか。

A　ええ。実は、与謝は蕪村の母の出身

見性寺は北近畿タンゴ鉄道宮津駅から徒歩10分ほど　山門は、蕪村が逗留した当時のもので、境内に河東碧梧桐の筆による「短夜や六里の松に更けたらず」の蕪村句碑　撮影＝松藤庄平

地だといわれています。真偽のほどはともかく、蕪村にとって重要な意味をもつ土地であることは間違いありません。というのは、蕪村ははじめ谷口という姓だったのですが、宮津から京都に戻ってしばらくすると、与謝姓に改めているほどですから。

Q　京都に戻って以降の蕪村の暮らしは、どうでしたか？

A　このころ、蕪村に大きな転機が訪れました。ともという女性と結婚したのです。蕪村45歳ごろのことです。人生五十年の時代ですから、当時の感覚だと、相当な晩婚だといっていいでしょう。そして、ほどなく娘・くのも生まれることになります。妻については、蕪村が没した天明3年（1783）より31年あとの文化11年（1814）に亡くなったこと以外は不明です。

Q　家族ができて、蕪村に何か変化があった？

A　沈南蘋の絵に学んだ作品が描かれるのが、ちょうどこのころです。蕪村の色

《方士求不死薬図屛風》 紙本墨画 六曲一双
各157・6×360・6 施薬寺
始皇帝が不老不死の薬を求めにつかわした徐福伝説を狩野派風のタッチで描く

施薬寺では毎年11月3日に屏風を公開
寺へは北近畿タンゴ鉄道野田川駅から
バス便あり　撮影＝松藤庄平

彩表現が、がぜん豊かさを増してくる。沈南蘋の作品を実際眼にすることによって、描法や色彩など非常に参考になったはずです。南蘋派の絵は、伊藤若冲や円山応挙なども積極的にその手法をとり入れたほどで、当時の流行でしたから、蕪村の人気も出たでしょう。南蘋画はそれぞれの絵師が異なる捕え方をしているところが面白いといえます。

絵の注文がしだいに増え、俳諧師としても徐々に名前が知られはじめる。一応京都に腰をおちつけ、収入の面でもようやく安定してきた。ひょっとしたら、逆に生活が安定したからこそ、結婚に踏み切ったのかもしれません。

実は、落款をそれまでの「四明」、「朝滄」から「長庚（ちょうこう）」に変えたのも同じ頃です。蕪村は何度も画号を変えましたが、画号の変化とスタイルの変化は必ずしも対応していません。しかし、このときは、それが一致している珍しいケースです。蕪村にとって相当大きな転換期だったはずです。

Q　この時期、大作が矢継ぎばやに制作

《豊干経行図》宝暦6年（1756）　絹本墨画淡彩　96・5×32・3
溢れんばかりのユーモアと色彩を意識して描いた蕪村嚆矢の作

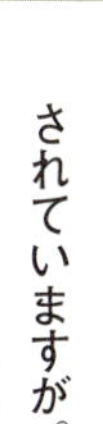

されていますが。

A　よく言われる逸話に、日頃金銭欲がそんなに強くない蕪村が富くじを買った。そこで、門人のひとりが不審に思って問いただすと、蕪村は、絖張りの絖本屏風に絵を描いてみたいとかねてから思っていたが、絖張りの屏風は高くて貧乏な自分には手がでない。なんとか購入費用を捻出しようとして、富くじを買ったのだと語り、それを聞いた門人たちは屏風講をつくってお金をだしあって、蕪村に存分に腕をふるわせたというものです。事実のほどは分かりませんが、必ずしも絖本だけでなく、絹本や紙本のものも含め、宝暦13年（1763）から明和3年までのわずか4年のあいだに、蕪村は《野馬図屏風》［17頁］や《蘭亭曲水図屏風》［28〜29頁］など、十数点に及ぶ屏風絵を仕上げています。

Q　絖本とは何ですか？

A　絖とよばれる、毛足が長い絹地に描いたものを絖本といいます。つやがあって、珍しいものでした。屏風講時代より少し後の作品になりますが、《春光晴雨図》［30〜31頁］は蕪村が絖本に描いた代表例です。描きにくい素材ですが、文人趣味の絵師たちは、マチエールにこだわり、そうした珍しい素材のもつ抵抗感を楽しんだのです。

Q　俳句での活動は、どうですか。

A　明和3年（1766）、京都で蕪村と親しく交際していた宋屋が亡くなります。このとき蕪村は京都にいなくて、葬儀に出席できませんでした。同じ年、三菓社という蕪村を中心とする俳諧愛好家のグループができます。発句の会を定期的に催しているのですが、島原に不夜庵を結んでいた太祇やのちに蕪村門十哲のひとりとされる召波などが参加していました。

三菓社は普通の俳諧結社のように師弟関係で結ばれるというよりは、インテリ俳諧愛好家が集まる同好会のような性格のものだったようです。蕪村は、51歳から53歳の間に数回讃岐を訪ねていますが、この三菓社の活動は、蕪村の讃岐行きの間をぬって、しばらくは続くことになり

《蘭亭曲水図屏風》　明和3年（1766）　絖本着色　六曲一双　各164.4×363.1　東京国立博物館
書聖王羲之が会稽山の麓にある蘭亭で催した曲水の宴を描く　文字は王羲之の「蘭亭記」を散らし書きにしている

《春光晴雨図》 絖本淡彩 28.6×32.0 絹の毛足が長い絖本は、かなり高価なものだった
絖本は毛足が長く、描きにくい素材だが、蕪村はその抵抗感を楽しんだと思われる

ます。

Q　蕪村の讃岐行きの理由は？

A　讃岐には俳諧仲間の菅暮牛などがいました。蕪村は三菓社の召波へ宛てた手紙で、しばらく田舎者を相手にする、面白くないことだと記しています。妻子を京都へのこしての旅だったので、あまり気のりがしなかったのかもしれません。

Q　讃岐ではどんな暮らしをしていたのですか？

A　この讃岐行きも、やはり俳句仲間のもとを転々とする旅でした。金比羅宮のある象頭山のふもとに寄遇し、劉俊（りゅうしゅん）や銭貢（せんこう）といった明代の画家の作品に学んだ力強い作品をいくつかのこしています。こうした地方にも、中国絵画が流布していたんですね。それらを学習した成果として、蕪村画の中でも漢画色の濃い、充実した作品群が見られる時期です。また、大の芝居好きとして知られる蕪村は金比羅の芝居も楽しんだようです。

　更に丸亀の妙法寺にも滞在し、絵画制作に熱心に取り組みました。なかでも妙法寺の庭の蘇鉄を見て、一気呵成に仕上げたという《蘇鉄図屏風》［34〜35頁］は、細部を省略して、堂々たるタッチで描きあげた、讃岐時代の最高傑作です。

　何度か讃岐と京都を往復したのち、明和5年（1768）、蕪村は京都に戻ります。こののち、京都を離れることはありませんでした。帰京直後から、三菓社の句会を再開し、蕪村は俳諧に非常に積極的な態度をとりはじめます。

　そして、いよいよ遅咲きの天才・蕪村が大きく花開く時期を迎えることになります。

《飲中八仙図屏風》 絖本着色 六曲一双 各165.9×371.2
中国唐代の詩人杜甫は、酒を好む8人の文化人を詩に詠み
「飲中八仙」と称した
左頁の部分図で供の者に支えられている酔仙は李白だろう

《蘇鉄図屏風》
紙本墨画　四曲一双
各162・0×365・8　妙法寺
丸亀・妙法寺に滞在していた蕪村が、
庭の蘇鉄を見て一気呵成に描いた、
堂々たる大作　上図は右隻

《山水図》 絹本着色 113・4×134・1 京都国立博物館
讃岐滞在中の作品だが、《蘇鉄図屏風》の水墨技法を大胆に駆使した作風とは全く趣きを異にする作品 明代の画家銭貢に倣うと款記にあり、蕪村の絵画修業が止むことなく続いていたことがわかるとともに、緻密な筆致と賦彩法を獲得しつつあることがうかがわれる

III 総合芸術の完成期

Q 蕪村の絵で、俳諧的感覚がよくうかがえるものを教えて下さい。

A 絵画の中に見られる俳諧的感覚というのは、単にモチーフの外形を描くというだけではなく、その雰囲気、ニュアンス、情感までを表現することです。たとえば《鳶鴉図》［39～41頁］では、暴風雨に挑むかのように鋭い眼光で前方を見据える鳶と、雪の中で肩よせあって寒さに耐える鴉が、対照的に描かれています。花鳥画でよく扱われる鶴や鷺、孔雀といった鳥ではないところに蕪村の絵画に対する思想が表われています。多くの絵師は美しい鳥を美しく描くことを目指しますが、蕪村は違う。鴉や鳶という身近かな鳥に人間的な感覚を投影し、その鳥たちが厳しい自然と戦ったり耐えたりする姿を、暖かいまなざしで見つめているんですね。そこには俳諧師としての蕪村の心的世界が感じられます。蕪村は句の世界でも写生句的表現をとりながら奥に深い意味を持たせたものが多いですが、絵画でも例えば《夜色楼台図》［42～43頁］なども、単に風景画的に雪景色を描いたものではないでしょう。暗い夜空と雪の白さの対比。凍てつく冬空の下の外界の寒さに対して、白い屋根の下にはほんのりと朱をさして火のぬくもりと人々の営みの温かさとを対比させて描いています。このように目で見たものから心に映るものへと深化させていくのです。

夜はまた、俳句でも絵画でも蕪村にとってひとつのテーマだったといえるでしょう。絵画は普通、昼の景を描くものであり、夜景を一度も描かない絵師も多い中、蕪村はあえて夜を描こうとする。蕪村の狙いは、夜の持つ雰囲気や人々の夜に対する心情といったものにあり、そこには俳諧と通じる蕪村の視線が感じられます。また、俳諧だけではなく、漢詩の世界を絵画化した作品もあります。《峨嵋露頂図》［44～45頁］では李白の「峨眉山月歌」を着想のもとにしています。「峨眉山月半輪の秋。影は平羌江の水に入りて流る。夜清渓を発ち三峡に向う。君思えど見ず渝州に下る。」そこには秋月夜に去っていく李白が、会えなくなった友を思う心情が静かに伝わって来ます。

暗い夜空を背景に峨嵋山の白い岩肌。川の流れにそって左へと目を移せば頂に雪の白さが見え、更に岩肌を照らす光の

《鳶鴉図》 紙本墨画淡彩 二幅対
各133・5×54・4 北村美術館
烈風にもひるまぬトビと雪の中で肩寄せあうカラス
ありふれた鳥を主役に、厳しい自然に耐えるさまを
対照的な姿で見せているところは、次見開き頁の
部分図で……

白い輝やきに気付くと、その先には細い半月が白く輝やいている。まるで視線移動の時間の経過までをも感じさせ、広大な風景に囲まれているかのような気分にさせます。白という色のニュアンスを様々に追求してみせた点でも圧巻で、絵画の世界をより深いものに仕上げていきます。

蕪村のすぐれた作品には、俳諧と絵画がオーバーラップすることがしばしばです。一方、句の方で画家的視線を感じさせるものを上げると――

みじか夜や枕にちかき銀屏風
狩衣(かりぎぬ)の袖の裏這ふ蛍かな
山暮れて紅葉の朱(あけ)を奪ひけり
宿かさぬ燈影(ほかげ)や雪の家つづき
牡丹散て打かさなりぬ二三片

いずれも微妙な色のニュアンスなど、視覚的要素を盛り込んでいます。俳諧師の心を持った絵師、絵師の眼を持った俳諧師、それが蕪村なのです。

《夜色楼台図》 紙本墨画淡彩
28・0×129・5
蕪村にとって「夜」は、俳諧でも絵画でも重要なテーマだった

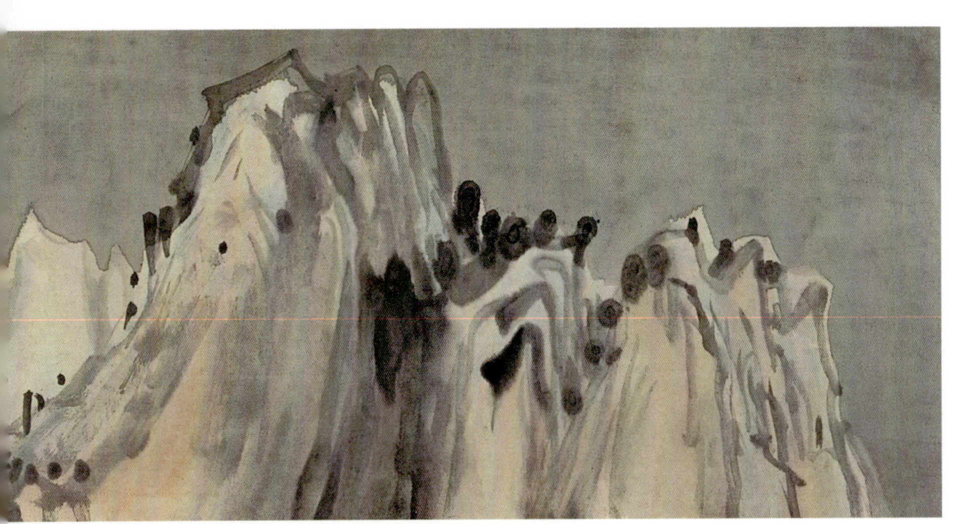

《峨嵋露頂図》　紙本墨画淡彩　28.8×240.5
蕪村は俳諧だけでなく、漢詩の世界も絵画化している本図は、秋月夜に友を思う李白の心情を歌った「峨眉山月歌」に着想を得て描かれているが、白という色を様々に追求して見せた点でも圧巻である

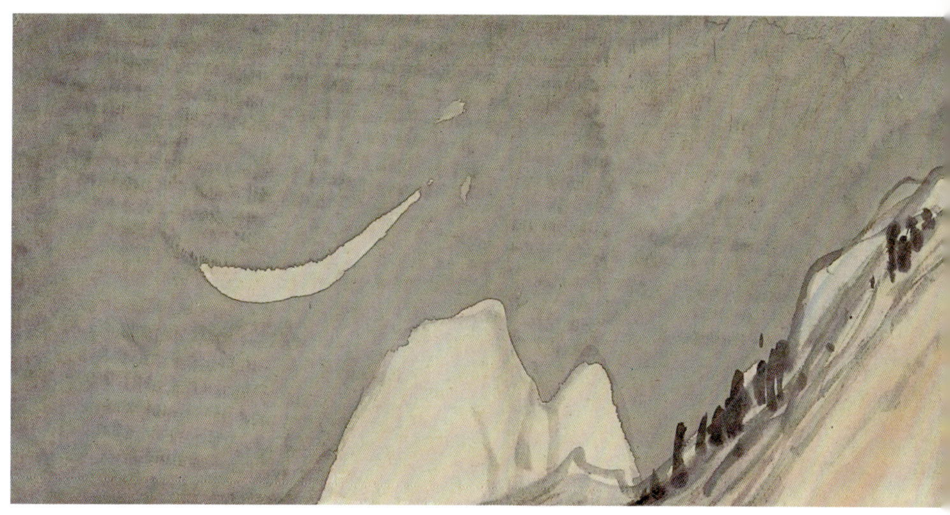

Q　京都定住後、俳諧師としてはどんな活動をしましたか?

A　明和5年（1768）に讃岐から京都に帰って俳諧に打ち込んだ蕪村は、2年後の3月、55歳で宗匠になっています。若き日の師・夜半亭宋阿の跡を継ぎ、夜半亭二世を襲名したのです。その秋には夜半亭社中として初めての句会を開き、翌年春には夜半亭として初の歳旦帖『明和辛卯春』を編んでいます。

絵画と俳諧の両面で、蕪村ならではのものが生まれはじめるのが、この夜半亭襲名の前後からなんですね。既に50代半ばですから、晩成型の芸術家と言っていいでしょう。以後、絵師蕪村と俳人蕪村が彼の中で統合されていきます。

蕪村の句で最も有名な「菜の花や月は東に日は西に」は、59歳で詠んだものです。絵の方では、「謝寅」という最後の号を使うようになったのが63歳くらい、あるいはもう少し前の可能性もありますが、その頃からが大成期。《鳶鴉図》《夜色楼台図》をはじめ、《春光晴雨図》［30〜31頁］、《竹林茅屋・柳蔭騎路図屏風》［48〜51頁］といった傑作は、いずれもこの最晩年の謝寅時代の作品です。

Q　《十便十宜帖》について教えて下さ

《闇夜漁舟図》 絹本墨画淡彩 130・3×47・6 逸翁美術館
舟から立ちのぼるサーチライトのような煙と家の窓から放射する光が印象的

《竹林茅屋・柳蔭騎路図屛風》「竹林茅屋図」の部分［全図は50頁］
紙本着色　六曲一双　各133.2×310.0
広々とした空間表現が特徴的な晩年の傑作「柳蔭騎路図」の全図は51頁

い。

A　池大雅（1723〜76）との合作《十便十宜帖》［52〜55頁］は、夜半亭を継いだ翌年の明和8年（1771）に描かれました。時に蕪村56歳、大雅49歳。合作といっても1枚の画面の中でともに筆をとっているわけではなく、大雅が「十便」10枚を、蕪村が「十宜」10枚を描き、合わせて一組とするものです。2人にそれぞれを描くよう依頼したのは、両者に深いかかわりをもっていた木村蒹葭堂だった可能性があります。

この作品は、中国の明末清初の文人・李笠翁（李漁）の「十便十二宜詩」を絵画化したものです。明時代末期、李笠翁は兵乱を避けて伊山の山中に隠れ、伊園という別荘を構えました。そこに友人が訪ねてきて、こんな侘び住まいでは不便だろうと言う。「十便十二宜詩」はそれに対して李笠翁が口にした答えが、おのずと詩になったというのです。「十便」で詠まれるのは、山中での生活の都会では得られない便利さであり、「十二宜」（伝わるのは10首のみ）では、伊園での四季四時、天候の違いで移り行く自然の素晴らしさがうたわれています。

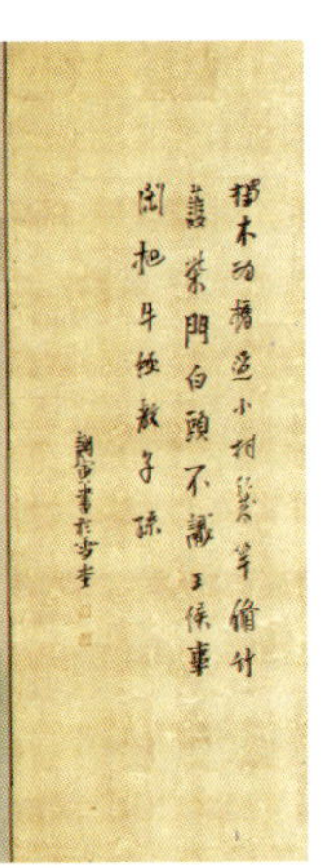

大雅も蕪村も、そうした詩意を見事につかんだといえるでしょう。大雅が、山中での人間の営みをゆったりとした筆使いで表現するのに対し、蕪村の方は、山水自然の微妙な変化を繊細な筆先にとらえています。画中の書もそれぞれの筆になるもので、後に日本の文人画の大成者とされる2大画家の持ち味が堪能できます。

Q　蕪村と大雅が大成した文人画とは、そもそもどんな絵なのですか？

A　もともとは中国において、職業画家ではない文人が描いた絵を「文人画」と呼んだのです。文人とは、まず知識人であって、身分的には為政者、高級官僚です。中国では絵画は言語と同じく思想の表現手段であり、また人格形成の手段として、知的で芸術性に富んだものと捉えられていましたから、文人の描く絵が職業画家の絵より重んじられたのですね。

したがって、文人画に特定の様式があったわけではないのですが、たまたま南宗画の描法を使う人が多かったため、いつしか、文人画が南宗画的表現とだぶって認識されるようになったのです。南宗画とは、柔らかな線で即興的に、その時の瞬発力で描けるようなスタイルの絵のことで、プロの画家ではない文人たちにも描きやすいものだったのでしょう。

文人画が我が国で流行し始めるのは、江戸時代の17世紀後半から18世紀初めにかけてです。知識人が多く集まる京都において、中国文化全般に対して関心が高まっていました。文人画への関心も中国の文人の生き方や美意識への強い憧れから始まったと言えます。日本の初期文人画をになったのは、紀州藩の儒員だった祇園南海（1677～1751）、大和郡山の家老だった柳沢淇園（1704～58）といった人で、彼らは政治に携わるという意味でも中国の文人的立場にいました。その後に続くのが、蕪村と大雅なのです。この2人はどちらも市井の人なので、身分的には文人とは言えないのですが、ともに中国の文化や文人への憧れを持つ教養人であり、文化的な意味での文人スタイルを目差しました。大雅は当時としては異国色の強い南宗画風の個性的筆法を自在に使いこなし、蕪村はそれに対し、文化に裏打ちされた文人芸術のあり方そのものを日本化させていったという点で、日本の文人画の大成者とされています。

大雅は書家としても有名で、また漢詩にも通じていましたが、自らの詩作で独自性を出したわけではないので、詩書画が一体となった蕪村の世界は、より中国の文人のあり方を彷彿とさせる総合芸術と言えるのではないでしょうか。

Q　蕪村と大雅は親しかった？

A　蕪村の編んだ句集の中に、大雅の句が載せられているものもありますが、具体的にどれほど親しかったかは分かりません。ちなみに、銀閣寺（慈照寺）の方丈では、蕪村の襖絵《飲中八仙図》の部屋［2～3頁］の隣に、大雅の襖絵《琴棋書画図》の部屋があります。銀閣寺は、

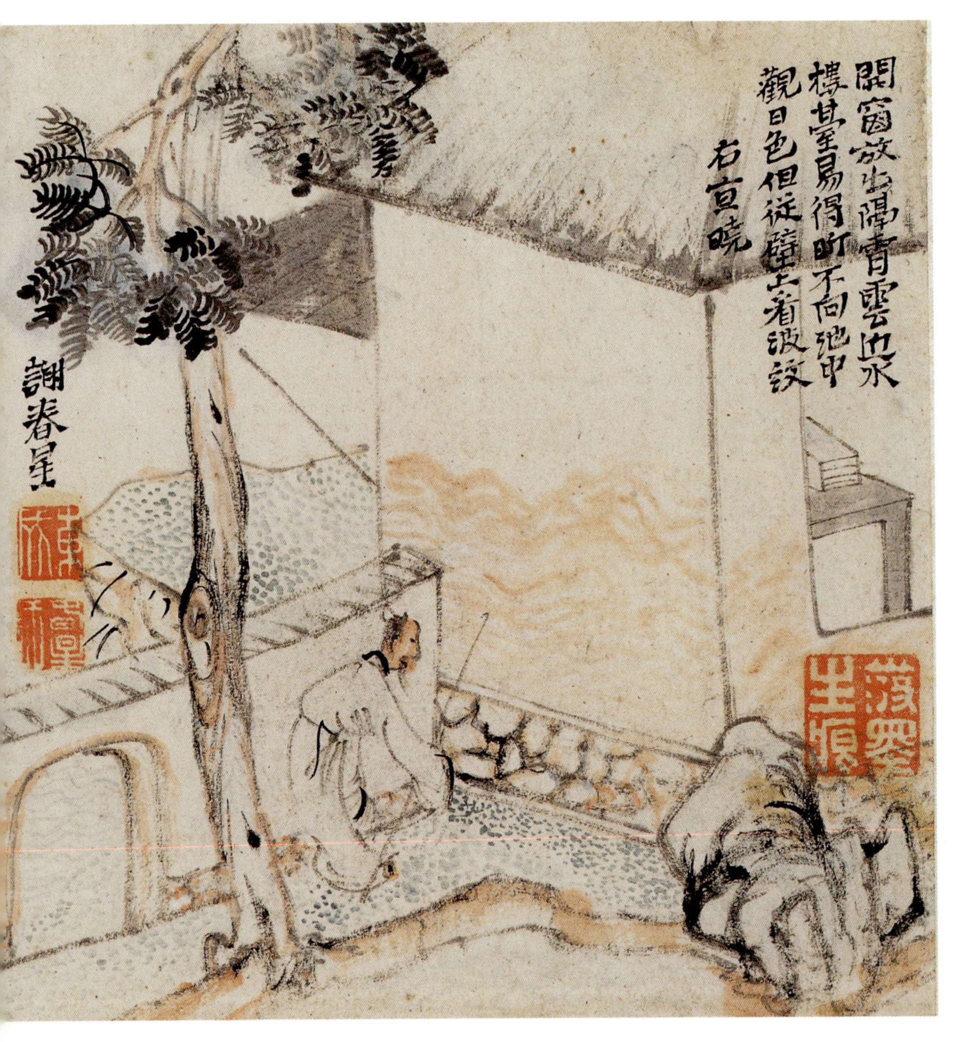

池に反射した朝陽が白壁に光の波紋を描くところに注目
「宜暁図」《十宜帖》より　明和8年（1771）　紙本淡彩
半帖10図　各17.9×17.9　川端康成記念会
大雅との合作《十便十宜帖》は、李笠翁の漢詩を絵画化したもの　この絵のもととなった漢詩は「開窗放出隔霄雲／近水樓臺易得昕／不向池中観日色／但從壁上看波紋」

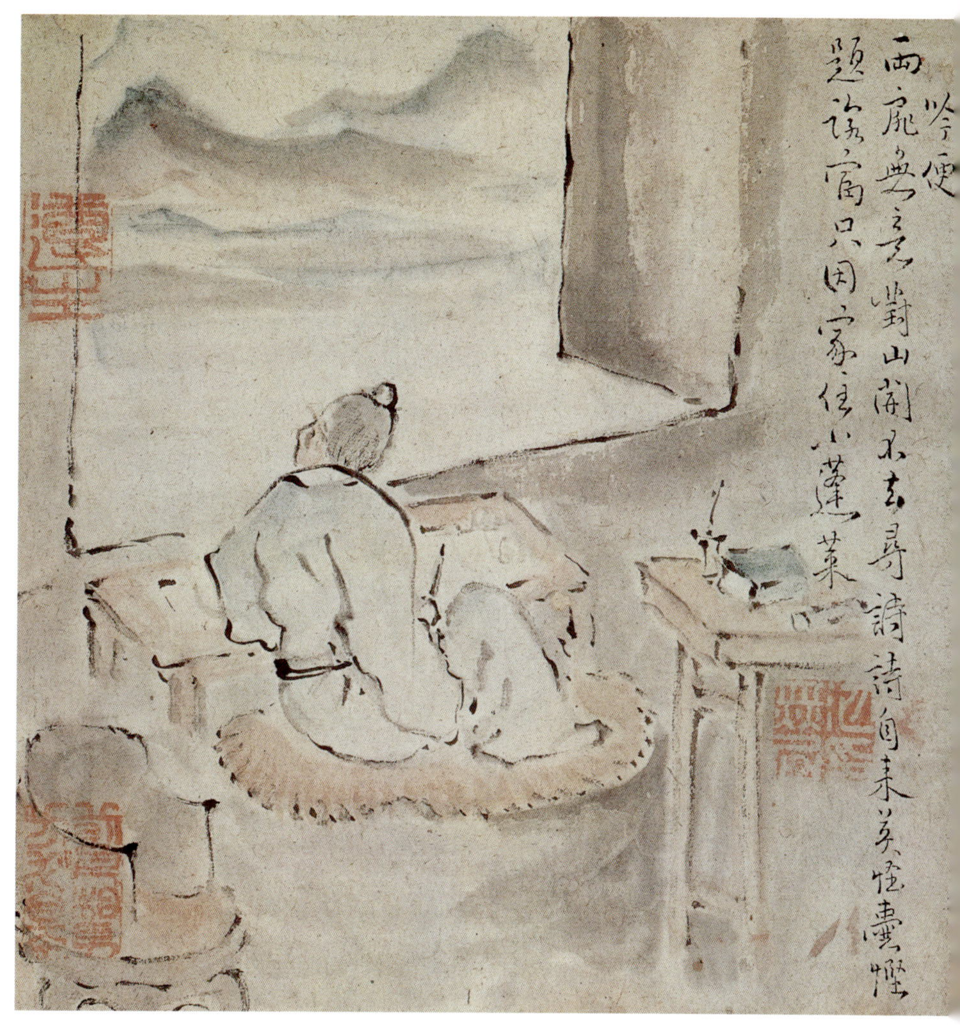

池大雅《十便帖》より「吟便図」 明和8年(1771) 紙本淡彩
半帖10図 各17.9×17.9 川端康成記念会
賛詩は「両扉無意対山開/不去尋詩詩自来/莫怪嚢慳題詠富/只因家任小蓬萊」 山の中に住んでいるので、窓さえ開ければ、おのずから詩想が湧いてくるので便利なのです、ということろか

「宜冬図」　茂林宜夏更宜冬　禦却寒威當折衝
小築近陽春信早　梅花十月案頭供

「宜春図」　方塘未敢擬西湖　桃柳曾栽百十株
只少樓船載歌舞　風光原不甚相殊(原詩、以下同)

「宜晩図」　牧児皈去釣翁休　畫上無人分外幽
對面好山纔別去　當頭明月又相留

「宜夏図」　繞屋都将緑樹遮　炎蒸不許到山家
日長間却羲皇枕　相對忘眠水上花

「宜晴図」　水淡山濃瀑布寒　不須登眺自然寛
誰将一幅王摩詰　曬向當門倩我看

「宜秋図」　門外時時列錦屏　千林非復舊時青
一從澆罷重陽酒　酔殺秋山便不醒

「宜風図」　鳥皈芳樹蝶過牆　花與隣花貿易香
聴罷松濤観水面　残紅皺處又成章

「宜陰図」　烟霧濛濛莫展開　好詩憑着黒雲催
捲簾放却観天眼　多少奇峰作意来

「宜雨図」　小張新添欲吼灘　漁樵散去野蓑寒
溪山多少空濛色　付與詩人獨自看

《十宜帖》各図[右]とその表紙[上]
川端康成記念会
大雅の《十便帖》とセットで《十便十宜帖》　画帖の体裁は当初のものから改装されており、現在の題簽の文字「謝春星十宜画冊」は幕末・明治の漢学者にして書家の長三洲の手になる

銀閣寺（慈照寺）の方丈の襖絵《棕櫚叭々鳥図》
方丈の仏間の南隣りの部屋に蕪村《飲中八仙図》［2〜3頁］
その西隣りの部屋に本図　反対側の東隣りの部屋に大雅
《琴棋書画図》という構成　撮影＝松藤庄平

金閣寺（鹿苑寺）とともに相国寺に属する寺なのですが、華麗な金閣寺には若冲を襖絵に起用したのに対し、枯淡な銀閣寺には蕪村と大雅を選んでいます。同じように個性ある作品でも絵の方から鑑賞者に訴えかけてくるものと、こちらから踏み込んで初めてわかる絵と、それぞれ分けて金閣・銀閣に合わせていると言えるでしょう。

蕪村と親しかった絵師は円山応挙（1733〜95）です。2人は京都四条で500メートルくらいしか離れていないところに住んでいて、親密に交流していたようです。同じ中国画をそれぞれに模写していますし、文人画と写生画と作風が違うにもかかわらず合作も残されています。また、蕪村には「筆灌ぐ応挙が鉢に氷かな」という句もありますが、筆洗に氷が張るほどの寒さの中でも絵を描く応挙の真摯な姿と共に、応挙の作風の写生に対する妥協のない厳しさという意味が含まれています。蕪村の応挙に対する尊敬の念が伝わってきますね。

「見る愉しみ」と「読む歓び」

since 1983 Shinchosha

とんぼの本

錦秋
書棚の彩り

あらゆるジャンルの
好奇心を満載して刊行中!!

2009年11月号

November 2009, New Lineup

新刊ニュース

新潮社

年 11 月の新刊

470 円
978-4-10-602197-8

版
生ものの台所道具

洋子

に一冊！
の道具を知る、選ぶ、使う。

反、包丁、鍋などの必須アイテムから
の腕をぐんと上げる小物まで、
がこれぞ！ と納得した
に使い勝手のいいもの”
を紹介。
に応じた素材の選び方、
方のコツ、上手な手入れ法も収録。
しだけの台所” をつくるために。
の料理を楽しむために。
一冊で台所道具のすべてがわかる、
保存版。

古伊万里 磁器のパラダイス

青柳恵介 荒川正明
●1470 円
978-4-10-602194-7

骨董の眼利きがえらぶ ふだんづかいの器

青柳恵介
芸術新潮編集部 編
●1260 円
978-4-10-602091-9

毎日つかう漆のうつわ

赤木明登 高橋みどり
日置武晴
●1470 円
978-4-10-602157-2

ほんものの漆器 買い方と使い方

荒川浩和 山本英明
高森寛子 他
●1680 円
978-4-10-602059-9

さらに、蕪村が亡くなった後、その一の弟子だった呉春（1752〜1811）が応挙門に移っているのですが、応挙は呉春を単なる弟子としてではなく、蕪村の高弟として対等に接し、ある意味で客人のような形で受け入れています。異なる流派の間でこういうことは非常に珍しい。そんなところからも、生前の蕪村と応挙がお互いを敬愛していたことが理解されます。

Q 銀閣寺の他にも、京都で蕪村が襖絵を描いたところがありますか？

A 銀閣寺という禅宗寺院とは対照的なのですが、花街・島原随一の揚屋「角屋」にも襖絵を描いています。《梅花図》と《夕立山水図》［59頁］は、当初の部屋とは違うものの、今も角屋の二つの部屋を飾っており、現在四曲一隻の屏風に改装されている《白梅紅梅図屏風》［60〜61頁］も、もとは襖絵でした。

揚屋とは、置屋から太夫や芸妓を呼び、茶事音曲などを楽しむ場で、文化・芸術を味わう一種のサロンといった雰囲気を持っていました。特に、当時の島原は俳諧が盛んで、蕪村に襖絵を注文した角屋の7代目当主・徳右衛門（俳号・徳野）は、蕪村に親しく俳諧を学ぶ仲でもありました。そんな縁があって、角屋には襖絵の他にも、蕪村の軸物や俳画、徳野宛の書簡などが残っています。

Q　俳諧師としては、どのような位置にいたのでしょうか？

A　当時の俳壇で、芭蕉の作風に習おうとする動きを「蕉風復興」といいますが、蕪村はその蕉風を正しく理解し伝えようとする、京都における正風復興の中心人物であったといっていいでしょう。夜半亭を継ぐ頃にはその名は全国的にも知られており、安永3年（1774）には、尾張で蕉風復興を推し進めていた加藤暁台という同じく名の知れた俳諧師が京都の蕪村を訪ね、それぞれの門人たちと一緒に句を詠んでいます。

Q　蕪村は生前、俳人として知られていたのですか？　それとも絵師としてですか？

A　明和5年（1768）、蕪村53歳の時に出版された『平安人物志』という冊子に、蕪村の名前が出てきます。この冊子は京都の文化人名鑑のようなもので、画家の部で、大西酔月、応挙、若冲、大雅の次に、5番目に蕪村が挙げられています。安永4年（1775）版の同書でも、応挙、若冲、大雅、蕪村の順で載せられていることから、絵師としてはかなり知られていたことがわかります。『平安人物志』には俳人部門がないので単純には言えませんが、明治までは絵師としての知名度の方がはるかに高かったようですね。

Q　俳画とは何ですか？

A　句と一緒に描かれ、句の内容を補足したり、イメージを膨らませるために添えられる略筆による軽妙洒脱な絵画スタイルのことです。

これは、蕪村が大成したジャンルといっていいでしょう。蕪村自身は、安永5年（1776）61歳の時に弟子の几董に宛てた手紙で「はいかい物之草画」と記しています。「草画」とは真行草の草にあたる、略筆の絵という意味です。この〝俳諧ものの草画〟が略されて、後に「俳画」と呼ばれるようになったと考えられます。

蕪村は同じ手紙で、自分の俳画はありふれたものではなく、「海内に並ぶ者」なしと自賛し、安く売ってくれるなと書いている。これは他ならぬあなただから言うことだともありますが、いずれにしろ蕪村の大いなる自信がうかがえます。

俳画の流れるような略筆は、蕪村が本質的に持っていたものだと思います。蕪村は書の筆法でもほとんど筆圧を変化させず、紙面を滑るように筆を運びます。書でいう永字八法、止め、打ち込み、はね、などという筆圧が変わる要素がほとんど見られません。手首の力を抜いて、肘を起点にするような柔らかなすべらすような動きで、自由に楽々と線を引く。そののびやかな持ち味は、日本美術の中でも珍しいもので、蕪村の他には琳派の一部に見られるくらいです。下手をする

［左頁］京都島原「角屋」には、多くの文化人が集った　蕪村もその1人で襖絵を描いている
本図はその一つ《夕立山水図》　蕪村65歳の時の作　扁額の書は池大雅　撮影＝松藤庄平

誰家玉笛暗飛聲
散入春風滿洛城
此夜曲中聞折柳
何人不起故園情

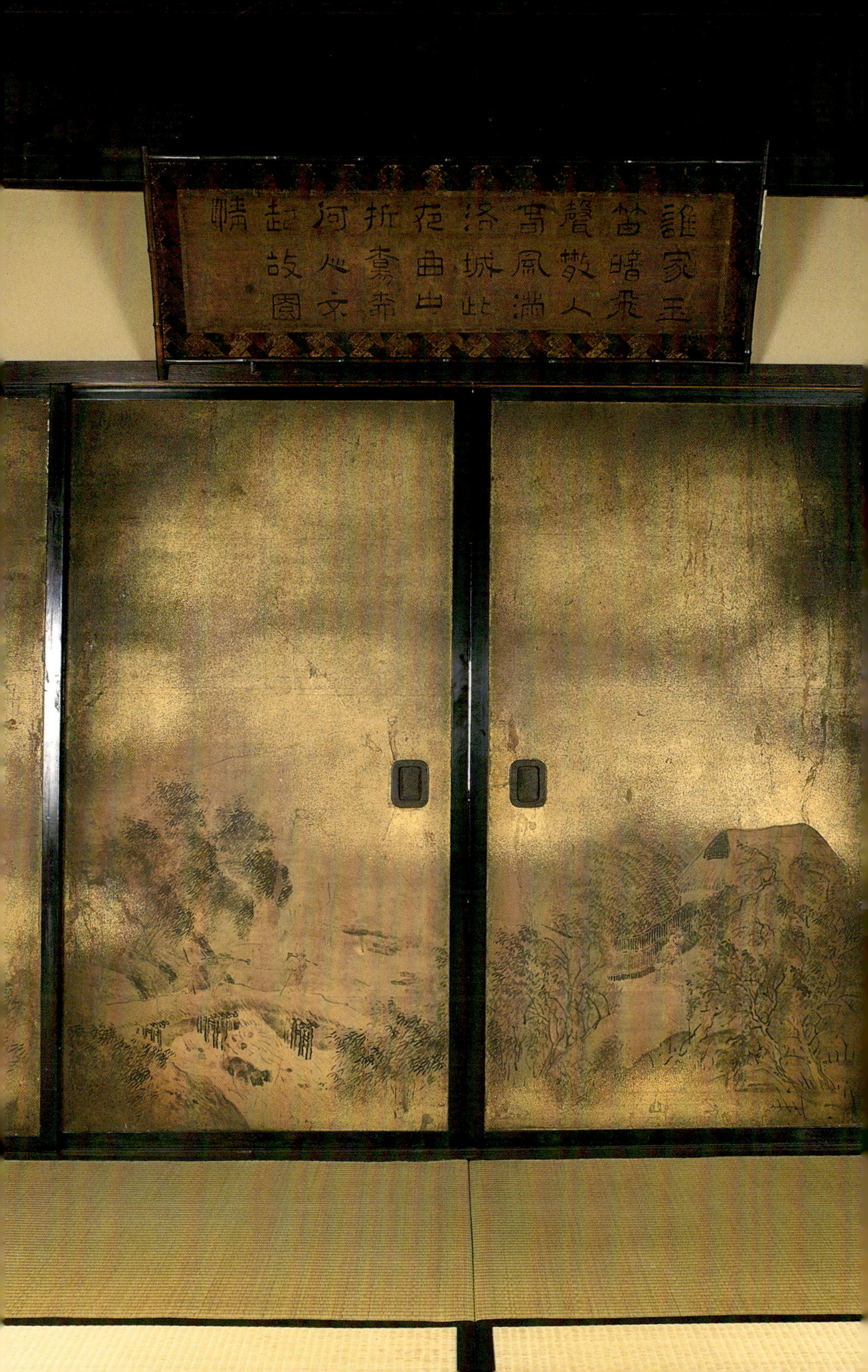

《白梅紅梅図屏風》 紙本金地着色 四曲一隻 財団法人角屋保存会
よく見ると引き手の跡が確認でき、本図がもともとは襖絵だったことがうかがえる 角屋は現在、「角屋もてなしの文化美術館」として公開されており(有料)、所蔵美術品等を展示している ［開館期間は毎年3/15～7/18、9/15～12/15 10:00～16:00 月曜休館(祝日の場合翌日)］

と締まりのない絵になりかねない、形態表現がむずかしい描法でもあります。

また、親交のあった応挙は時として写生の形体が甘くならないよう、息を止めて無呼吸で厳しい線を描きますが、蕪村の場合は楽々と息をしながら描く、遊びのある線が特徴なんですね。もちろん蕪村も、中国絵画を模す時には厳しい描線も使っていますが、本来的に持っていた味は、俳画に見られる柔らかく自由な線だったと思います。

Q 確かに、中国を題材にした絵と俳画では、まったくタッチが違いますね。

A 蕪村は変化を好みました。例えば髪形にたとえるとヘアスタイルをしょっちゅう変える方がありますが、そういう人は髪形を変えることで、新しい気分になって、新たな自分を発見することを楽しんでいる。それに対して、ずっと同じ髪形にこだわる人もいるでしょう。芸術表現をたとえて言うなら、蕪村は前者で応挙は後者的なタイプですね。

応挙は自分が写実的な世界を構築したいと考えたら、そのためにはどうしたらいいかとそれだけを考えて、目指すところはつねにひとつ。蕪村はそれとは正反対で、つねに新しいものへと変化していきます。旅をすると、気候も食べ物も人間も変わり、そうした非日常性の中での五感の覚醒が世界を見つめ直すひとつのきっかけとなって、句を詠む時の原動力となる。それと同じように、沈南蘋などそれまで自分の知らなかった絵師の絵を見た時に、蕪村は大変な刺激を得て、模写を通して異なる解釈や異なるアプローチを知る。そしてその描写を身に付けていく。それまでの自分の描法をいったん置いて、まったく別の描法に移ることを繰り返すことによって、自らの求める美の本質をつかもうとしたのでしょう。それが蕪村の中で最終的にひとつの美意識として構築されていくのです。

Q 作風の変化を詳しく教えて下さい。

A 私たちが監修した2001年の蕪村展では、蕪村の作品を5つの描法に分類して展示するという新しい試みをしています。その5つの描法とは――

①まず初期作品の和画様式。絵師としては独学で出発した蕪村は、日本の題材をモチーフとして柔らかな筆で素朴に描くところから始めました。たとえば《追羽子図杉戸絵》［10～11頁］や《俳仙群会図》［8頁］など、やまと絵的な和画の作風です。

②独学による開花と熟成を見せ始めた漢画墨彩様式。時期的には、関東遊歴時代の最後、30代半ばから丹後時代の40代前半には、それまでの平面的な和画様式から、明画を手本に空間表現など絵画構成への意欲が明確になっていきます。たとえば《四季耕作図屏風》［14～15頁］や《方士求不死薬図屏風》［24～25頁］。さらに、晩年にも《武陵桃源図》［63～64頁］《寒山拾得図》［65頁］など、再び漢画墨彩様式に立ち返ることもありました。

③中国文化への憧憬と研究の成果である漢画着彩様式。40代半ば頃からの、沈南蘋などの着彩画

［左頁］《武陵桃源図》部分［全図は64頁］　紙本着色　二幅対　各137.8×58.2
桃源郷の住人のアクの強さは、寒山拾得［65～67頁］といい勝負

《武陵桃源図》の舞台は中国の武陵郡　1人の漁師が桃の花咲く仙境に迷い込んだところを描く

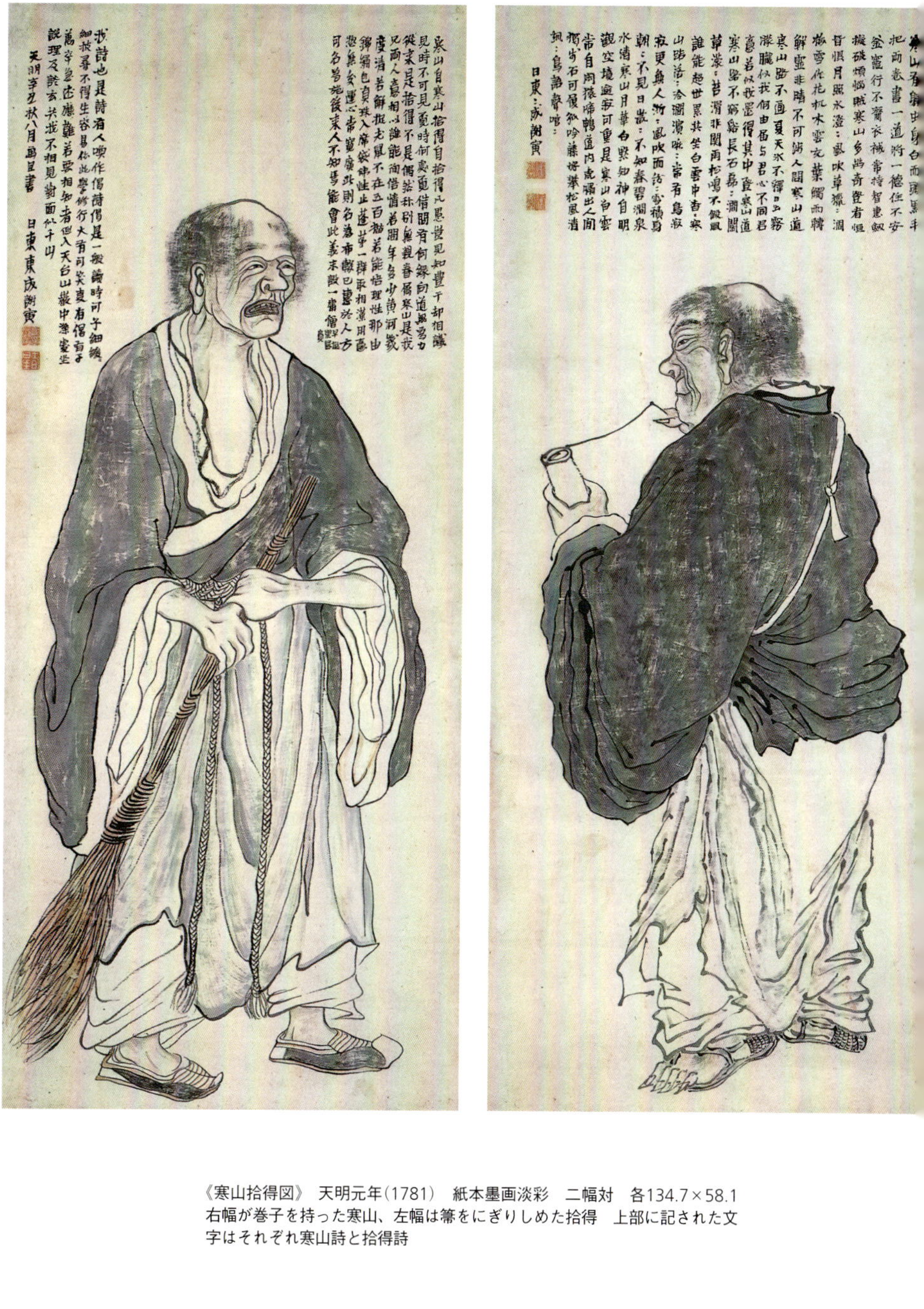

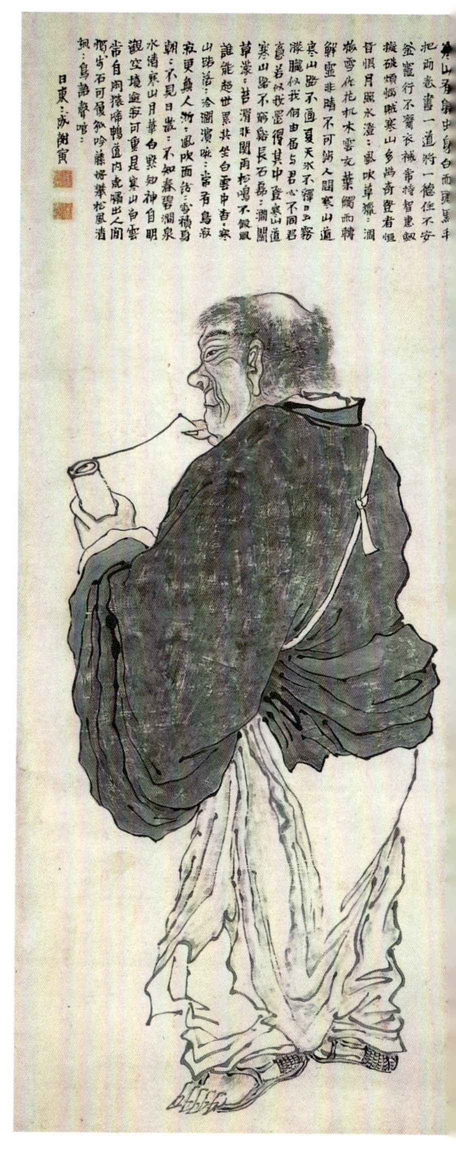

《寒山拾得図》 天明元年（1781） 紙本墨画淡彩 二幅対 各134.7×58.1
右幅が巻子を持った寒山、左幅は箒をにぎりしめた拾得 上部に記された文字はそれぞれ寒山詩と拾得詩

の描法修得に取り組んだ作品群です。蕪村の作品の中では最も細密で具体的な作風が見られます。中国の様々な絵を研究し、一種の写実味を持った世界を構築していきます。南蘋風の馬を描いた一連の作品［16～17頁］や《飲中八仙図屏風》［32～33頁］、《草廬三顧・蕭何追韓信図屏風》［68～69頁］が、それにあたります。また、銭貢や劉俊といった中国明代の画家に学んだ作品などもここに分類できます。

④日本文化への回帰を見せた和様化。

夜半亭を継いだ55歳前後から、中国画の描写を基本としながらも、形態や筆使いに柔らかさが増し、内容も和のものへと戻り始めます。絵画と俳諧の世界が接近し、蕪村の持ち味である叙情性のある作風が熟成されていきます。《富嶽列松図》［70～71頁］、《鳶鴉図》［39～41頁］、《夜色楼台図》［42～43頁］、《十宜帖》［52、54～55頁］、《竹林茅屋・柳蔭騎路図屏風》［48～51頁］といった代表作の数々がここに入ります。

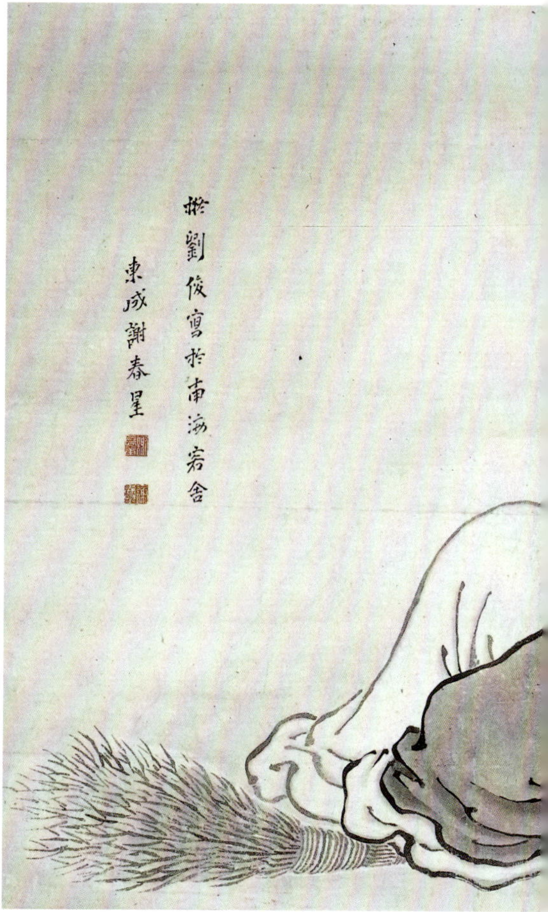

《寒山拾得図》紙本淡彩　90・9×172・7
65頁の《寒山拾得図》が晩年期の漢画墨彩様式なのに対し、本作は五十代前半、四国旅行中の作である
中国唐代、国清寺の僧豊干に拾われた孤児・拾得は、境内を掃き清めなどして、その恩に報い、一方、寒山は本ばかり読んでいる貧しい奇人　2人はいつしか仲がよくなり、後に共に詩をよくするようになるという逸話による

⑤俳句との合体を成立させた俳画。

俳画は蕪村晩年のひとつの大きな柱となりました。初期作品に見られた伸びやかな形態表現に近似していて、ぐるっと一周して戻ってきたような感もあります。つねに美の本質を追求した結果が、和画様式からスタートし、漢画の写実味や構築性を学びながらも再び和様化するという流れとなって、独自の絵画世界を築いたといえるでしょう。

蕪村は当時としては珍しく旅の多かった人物ですが、こうした画風の変化は、必ずしも旅をして滞在していた場所や時期と一致するものではありません。この展覧会では結城・下館時代、丹後時代などの制作地の移動を「外的世界の旅」として捉える一方、ある描法から他の新たな描法への移行を蕪村芸術の「内的世界の旅」として捉え、この新しい土地での刺激と内面の熟成との、蕪村における二つの「旅」の意味にスポットを当てることを目指しました。

Q　蕪村はどこに葬られましたか？

A　蕪村の墓は、京都市左京区一乗寺の金福寺（こんぷくじ）にあります。

元禄の頃、この寺の鉄舟和尚が芭蕉に心酔して自らの庵を芭蕉庵と名付けたのですが、蕪村の時代にはそれがすっかり荒廃してしまっていたので、蕪村の友人だった樋口道立（どうりゅう）という儒者が発起人となり、芭蕉庵を再興しました。蕪村はそれ

《草廬三顧・蕭何追韓信図屏風》　絖本着色　六曲一双　各166.7×373.2　野村美術館
右隻は、山中の草庵に住む軍師・諸葛孔明を三顧の礼をもって招く劉備一行の姿を　左隻は、政治の場をはなれようとする韓信を蕭何がつれ戻そうとするところを描く

《富嶽列松図》 紙本墨画淡彩 29.6×138.0
蕪村が晩年に開花させた日本的水墨画の世界
「不二ひとつうづみのこして若葉哉」の句も蕪村にある

を機に写経社というグループを結成し、毎年2回、金福寺で句会を開くとともに、「洛東芭蕉菴再興記」という一文を書いています。

安永6年（1777）には、やはり道立の発起により、庵の横に芭蕉を讃える石碑が建立されました。蕪村の句「我も死して碑に辺せむ枯尾花」に詠まれた「碑」とは、この芭蕉碑のこと。芭蕉を尊敬していた蕪村。俳諧の歴史の流れの中で、自らも芭蕉のような高みを目指したいという志が伝わってきます。

天明3年（1783）10月に「持病の胸痛」を訴えた蕪村は、12月25日未明、68歳で亡くなります。辞世の句は「しら梅に明る夜ばかりとなりにけり」。そして、「我も死して……」の句の通り、金福寺の芭蕉碑の近くに葬られることになったのです。

芭蕉が俳諧の世界へと収斂していったのに対し、蕪村は視覚をも含む広がりを総合芸術として求めていった人。中国文人の哲学、芸術意識をみごとに和様化した点でも特筆に価します。高みを目指しながらも、どこか親しみやすさのある作風は、今も多くの人々に愛され続けています。

《「又平に」自画賛》 紙本着色 103・4×26・4 逸翁美術館
「又平に逢ふや御室の花ざかり」の句とともに描かれた俳画 又平は近松門左衛門の『傾城反魂香』に登場する画家 御室は桜の名所である京都・仁和寺のこと 蕪村は「雲を香で花を吐なるよし野の山」など桜の句を多く残している

みやこの花のちりかゝるは、光信か胡粉の剝落したさまなれ

又平に逢ふや御室の花さかり

蕪村

《「澱河曲」自画賛》　紙本墨画淡彩　17.8×50.8
詩書画がひとつになった「俳画」の妙を印象づける　「澱河曲」は漢詩と句を合体させた作品で、安永6年（1777）の発表　蕪村62歳　澱河は淀川のことで、伏見の遊女が客との別れを惜しむという設定のもと、遊女の気持になって詠んだもの

遊伏見百花楼送帰浪花人代妓
春水梅花浮南流菟合澱
錦纜君勿解急瀬舟如電
菟水合澱水交流如一身
舟中願並枕長為浪花人

君は江頭の梅のことし
花水に浮て去ること
すみやか也
妾は水上の柳
のことし
影水に
沈て
したかふこと
あたはす

右澱河曲
蕪村

せみ啼や
僧正房の
ゆあみ時
夜半翁

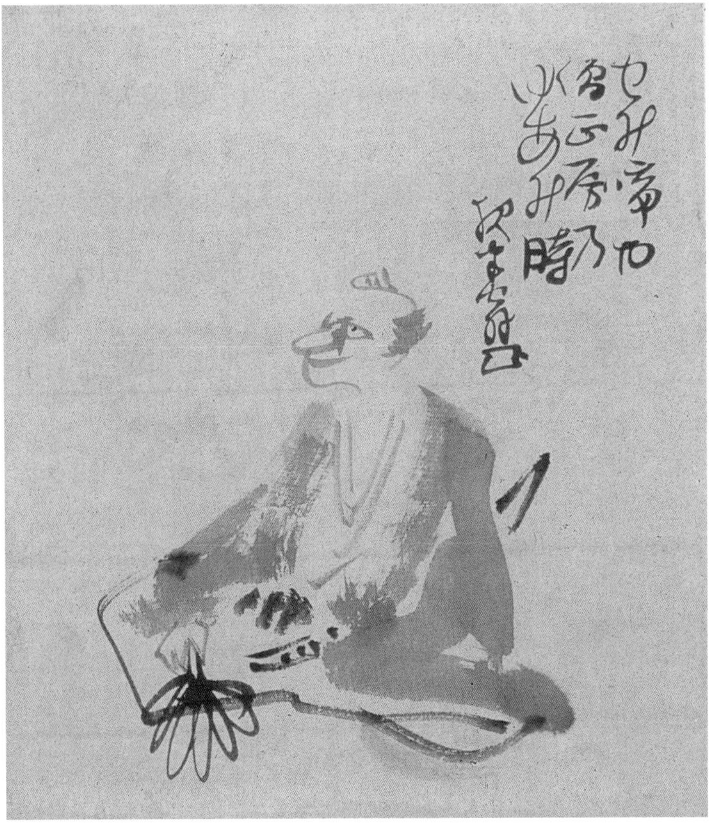

《「せみ啼や」自画賛》 紙本墨画
25・7×22・8 野村美術館
「僧正房」とは僧正の住まいのことだが、描かれているのは天狗鞍馬山の天狗は大僧正と呼ばれているからです

花とりのために
身をはふらかし
よろつのこと
おこたりかち
なる人のありさま
ほとあはれにゆかしき
ものはあらし
花を踏し
草履も見えて
朝寝かな
夜半翁

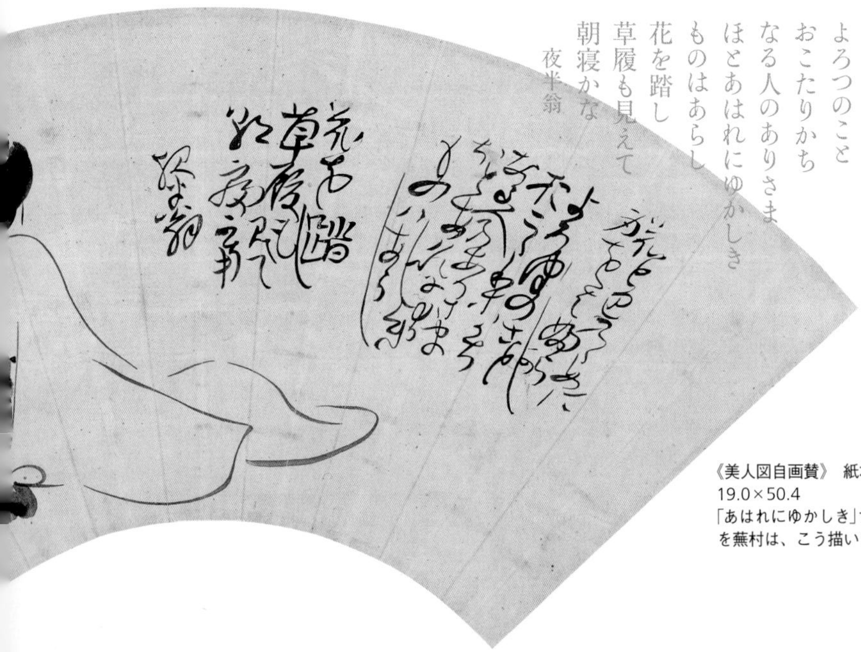

《美人図自画賛》 紙本墨画
19.0×50.4
「あはれにゆかしき」女の姿を蕪村は、こう描いた

すまひとり並ふや秋のからにしき　嵐雪

死ねとおもふ親も
あるかに相撲(ママ)取
柳居

都辺をつゐの
すみかや角力取　太祇(ママ)

やはらかに人わけ行や勝角力
几董

懐旧
負まじき
角力を
寝ものかたり
かな
蕪村

《角力図自画賛》　紙本淡彩　26.1×28.4　野村美術館
芭蕉門下の嵐雪、蕪村と交流のあった柳居と太祇、蕪村の弟子・几董、それぞれの相撲の句に蕪村の自句を加える　今日の相撲は負けるはずがなかったんだがと、布団に入ってからも愚痴を言う力士

金福寺にある蕪村の墓　右は俳諧の高弟・江森月居の墓　蕪村の絵画の一番弟子で、四条派の祖となった呉春も、師の間近に眠る　金福寺へは、地下鉄烏丸線北大路駅からバス便ほか　撮影＝松藤庄平(この見開きすべて)

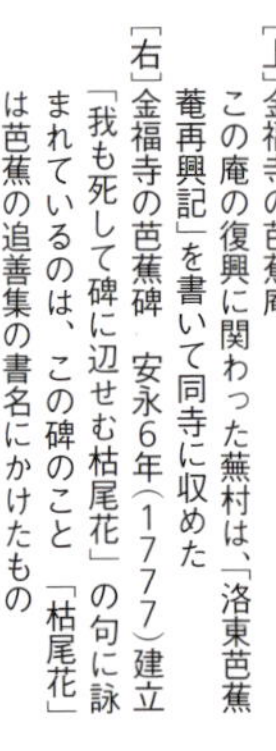

[上]金福寺の芭蕉庵
この庵の復興に関わった蕪村は、「洛東芭蕉菴再興記」を書いて同寺に収めた
[右]金福寺の芭蕉碑　安永6年(1777)建立
「我も死して碑に辺せむ枯尾花」の句に詠まれているのは、この碑のこと「枯尾花」は芭蕉の追善集の書名にかけたもの

蕪村が金福寺に寄進した二見形文台
かつて西行は二見ケ浦で、蛤の貝殻で海水をすくって墨を溶き、扇を文台にして和歌を詠んだという　この文台と重硯箱のセットは、西行の故事をもとに芭蕉が使っていた文台にあやかったもので、蕪村自身の絵付けによる
文台は俳諧宗匠の必須アイテムで、この上で俳句の点付けなどを行なう

第二章

俳人蕪村の実力

小林恭二［こばやし・きょうじ］

江戸の三大俳人と言えば、芭蕉と蕪村と一茶というのが通り相場になっていて、わたしも何の異論もないのだが、三人の位置については多少世間の人たちと違う意見を持っている（かもしれない）。

芭蕉は偉大なる理論家である。思想家と呼んでもよい。発句を芸術作品にまで引き上げた最大の功労者であり、彼がいなければ少なくとも現代言うような「俳句」は存在しなかっただろう。

ただ彼が「いい俳句」の詠み手だったかというと、それは疑問なのである。ちなみにこの疑問は、否定的なニュアンスも肯定的なそれも含んでいない。本来的な意味で疑問なのだ。芭蕉の句には、見た瞬間「これはすごい」と思わせるような句がない。どの句もよく出来ているが官能を直撃しない。彼の句の特色は、俳論や俳文、あるいは他句との連携によって、すばらしさがじわじわと感得されるところにある。彼の句には必ず明快なコンセプトがあり、物語があり、独自の理論を伴った美意識がある。それを知った上で読むと、俄然深さを増し、我々の心を捕えて離さなくなるが、それは往々にして現前する俳句から受け得るもの以外の、特殊な予備情報を必要とする。ペダンティックというわけではない。これが芭蕉のやり方なのだ。

ただ文芸作品である限り、そこにある作品だけで勝負すべきだという気持ちが、わたしには強くある。他の俳人が詠んだなら絶対駄句であるものが、芭蕉の句であるからすばらしいというケースが多すぎるのだ。

ここで誤解しないで欲しいのは、芭蕉のブランド力についてわたしが語っているわけではないということだ。芭蕉は最初から意識的に俳論と俳句をセットにして制作している。後世の俳句作者のように句のみで勝負する環境になるためには、他ならぬ「芭蕉」の登場を待たねばならなかった。その意味で同情の余地はあるにせよ、独立した俳句として読む場合、疑問を抱いてしまうのだ。

一茶は天才である。どの句も独立しており、小難しい俳論などまったく必要とせずに、感銘を受けることができる。一茶句集を読んでいると、一瞬たりとも退屈しない。常に印象鮮烈であり、しかも繊細微妙な味わいがある。わたしが好きな一句を引いてみようか。

短夜（みじかよ）の鹿の顔出す垣ね哉

短夜というのは夏になって夜が短くなることを言うが、この場合は、夜がしらじらと明けてきた瞬間だと思えばいい。眠れなかったのか、あるいは徹宵して何かしていたのか、とにかくぼんやりと（徹夜明けではそう頭が冴えていることもあるまい）外を眺めていたら、垣根から鹿が顔を出したのだという。夜であれば、それは結構不気味な光景かもしれない。朝であれば逆に単に爽やかな風景だろう。しかし夜がしらじらと明ける瞬間であれば、垣から顔を出した鹿はなんとも不思議な存在となる。それは夜とも朝

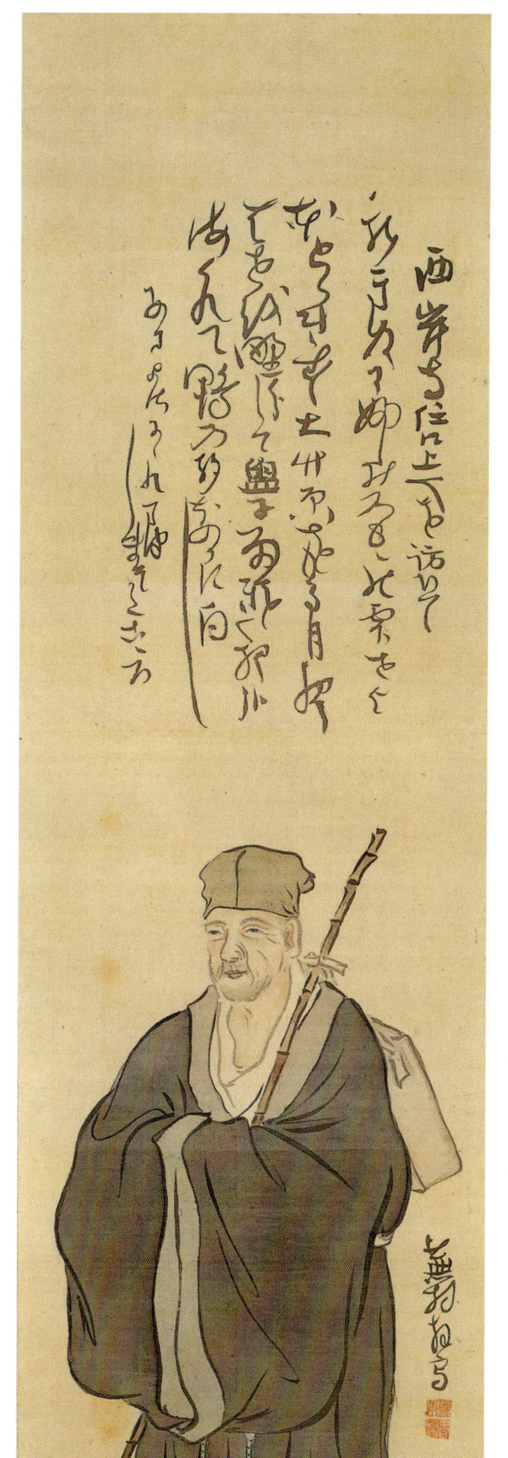

《芭蕉像画賛》絹本淡彩　96・2×32・2　摩耶山天上寺
蕪村は蕉風復興運動の中心人物で、たびたび芭蕉像を描いている　天上寺には蕪村もしばしば参詣し、「菜の花や……」を上五とする句などを詠んでいる　天上寺へはＪＲなど三ノ宮駅からバス便あり

《蕪村自筆句稿帖屏風》 六曲一双のうち右隻［左隻は84～85頁］
各151.5×310.5 本間美術館
蕪村の自筆句稿を、没後にバラして貼りまぜて屏風仕立てにしたもの 一番弟子の呉春が挿絵を添えている 末尾に「夜半翁草稿／呉春鑑定」としたためられている

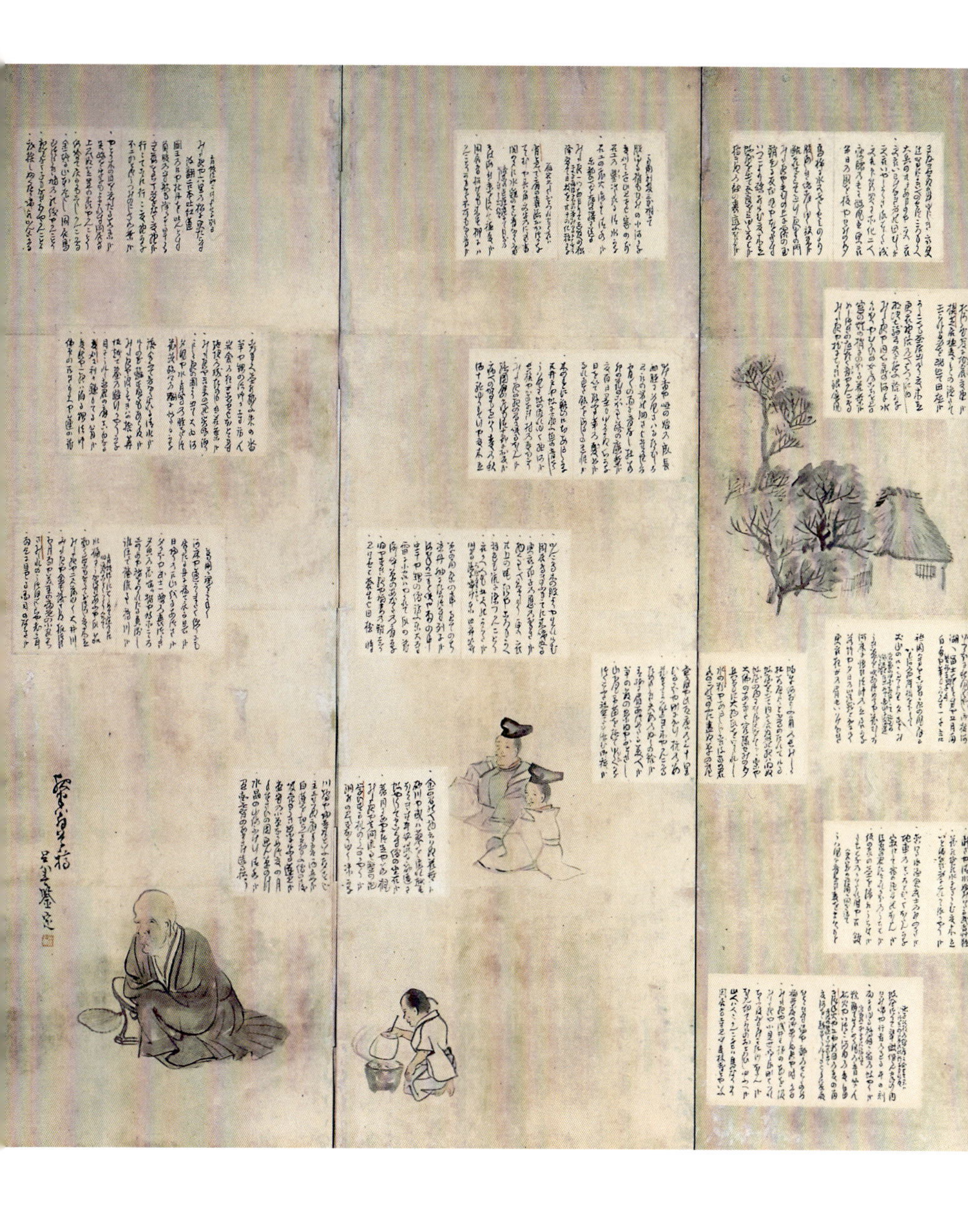

《蕪村自筆句稿帖屏風》　左隻
末尾に「これは蕪村の草稿也／所々句意を画で／真跡の証とす／月渓呉春」とある

ともつかぬ無何有の世界の象徴としての鹿の顔である。当然、そこには夏の夜をくぐりぬけたデカダンな気分も漂っているし、ほどなく訪れるであろう夏の朝の爽快さも予感されている。が、ともにそれそのものではない。まったく異なる二つの気分を揺曳させながら、印象はまったく揺らいでいない。このあたりの巧さは一茶俳句に共通するセンスであると言っていい。

　わたしは一茶というのは、基本的にはリリシズムの詩人だと思っている。そのリリシズムの質は健やかで明るい。

　ところがである。世に喧伝される一茶の句は、妙にひねくれた句ばかりなのである。「雀の子そこのけそこのけ御馬が通る」だの「われと来てあそべや親のない雀」だの。これらの句のせいで一茶は「庶民の俳人」とやらに位置づけられて、反骨だの不幸だのが必要以上に強調されている。確かにそういう面もあったにせよ、それはあくまでエピソードにすぎない。表現者としての一茶は紛れもなくリリシズムのプリンスであった。

　ようやく蕪村である。

　世に蕪村好きは多い。世上流布する蕪村のイメージを一言で集約すれば「天才」となろうか。

　勿論蕪村は天才である。あの長い江戸時代、無数に現れた俳人のうちでベスト3に入るくらいだから、天才に決っている。更に言えば世上良く知られた蕪村の名句「菜の花や月は東に日は西に」「春の海終日のたりのたりかな」あたりを読んで感銘を受けないのは、よほど鈍い人であろう。蕪村ほどどこから見ても名句といった感じの句を残した俳人はいない。

　しかしながら、蕪村が真に「天才的」だったかと言われると、わたしは首を傾げる。

　俳人蕪村は江戸期を通じてほぼ無名の存在だった。彼を「発見」したのは、正岡子規である。徹底した実証主義で蕪村を「発見」した正岡子規の偉大さはどれだけ誉めても誉めたりないが、あれだけの天才を認め得なかった江戸人はよほど莫迦の集まりだったのか。

　結論から先に述べれば、江戸人が蕪村の偉大さを認識できなかったのは、無理からぬことだったとわたしは思う。その理由は何より蕪村の句にある。蕪村というと先に挙げたような句が真っ先に思い浮かぶのだが、蕪村の句業の中で、あのようなすさまじい名作はほんの一握りなのである。

　蕪村の句を知るには高井几董編の「蕪村句集」がいちばん手近であるが、ここから冒頭の五句を引いてみよう。

ほうらいの山まつりせむ老（おい）の春
日の光今朝（けさ）や鰯のかしらより
三椀の雑煮かゆるや長者ぶり
うぐひすのあちこちとするや小家（こいへ）がち
鶯の声遠き日も暮にけり

　蕪村句集を初めて開いたとき、あまりにも自分の有していた蕪村観と異なるので、わたしは別の俳人の句集を開いたのかと思った。人によっては「ほうらいの」の句を名句と呼ぶ人もいるが、その理由となるや、偉大な蕪村の、偉大な句集の、偉大なる冒頭に掲げられているから、という思い込みに過ぎない。

　五句ばかりではない。わたしのカウントでは冒頭十一句はどうでもいいような句ばかりであり、かろうじて十二句目の「うぐひすの啼やちいさき口明て」が、初めて蕪村らしい句となる。

　もちろん、子細に読んでゆけば、あちらこちらに目を剝くような傑作句が紛れているのであるが、それにしたところでこれほど玉石混淆という言葉が当てはまる句集を見たことがない。

　わたしはかつて蕪村のこうしたブレを「蕪村は『当然』と紙一重のところで勝負しているからだ」と述べたことがある。

　蕪村の発想は基本的には限りなく平易なのだ。誰も感じうるようなことを、モティーフとしている。莫迦にして言っているのではない。誰でも感じうる平易なモティーフであるからこそ、当ったときは万人の官能を直撃する大名句となるのだ。

《蕪村自筆句稿帖屏風》　左隻の部分
句頭にところどころ見られる朱の合点は、蕪村がみずから付したものといわれている

ただそれにしても空振りの多さ。当れば飛ぶ。月まで飛ぶ。当らなきゃバットをかついですごすご退散。

蕪村については、名評論というべきものが史上多々あるが、あのどうしようもない駄句と、ふるえがくるような名句が、なぜああも無造作に作りわけられているかという点について触れた評論はないように思える。

蕪村のギャップについて、もう少しわたしの考えを述べると、蕪村が「五七五ですべてを見る」類の人間でなかったから、ということになる。

芭蕉も一茶もまず五七五ありきの俳人だった。五七五という計量カップでもって、世の中のすべての事象を測っている気配があった。逆に言えば五七五で表せないことは一切見ていない。「芭蕉は句だけでなく散文もよくしたではないか」という反論もあるかもしれないが、あれはあくまで句が主体なのであって、補完的な位置づけを越えていない。「奥の細道」だって句がなければ、フォークボールを持たない大魔神みたいなものだ。

これに対して蕪村にとって句はあくまで表現手段のひとつだった。彼が画家であったから言うわけではない。蕪村は俳詩として、漢詩や自由詩に近いものをものしている。世の中すべてを五七五で測るなどという奇形的なものの見方とは、最初から無縁だったのだ。

だから彼の句には、あの俳句独特の臭みがない。ものの見方が自然で、感動に俳句的な枠がはめられていない。

それだけに蕪村は、五七五という分量の点からすれば、まったく的外れの俳句を量産した俳人ともなった。

彼の駄句は文字通りの意味でピント外れであり、何が詠みたかったのか見当もつかない。それは五七五という分量がいまだ体に入っていない素人俳人の句とまったく同じで、言いたいことが多すぎるのだ。

しかし、それは蕪村の恥ではない。それどころか彼の誇りと言ってもいい駄句なのである。蕪村は五七五におさまりきらないあらゆる感動をも五七五で言い留めようとした希有な俳人なのである。それだけに彼のジャストミートした句は、他のどの俳人よりも快音を発し、また遠くまで飛ぶのである。

最後に、掲出の十句は敢えて蕪村の有名過ぎる句を外して選んでみた。読者諸兄の愛唱句の仲間入りすることがあれば幸せである。

ゆく春や横河（よかは）へのぼるいもの神
山蟻のあからさまなり白牡丹
寂寞（じやくまく）と昼間を鮓のなれ加減
木枯や鐘に小石を吹あてる
物種の俵ぬらしつ春の雨
花に暮て我家（わがいへ）遠き野道かな
春雨やいざよふ月の海半（なかば）
化けそうな傘かす寺の時雨かな
おのが身の闇より吼（ほえ）て夜半（よは）の秋
遅き日や都の春を出てもどる

蕪村句のイメージを求めて
附
【撮影】野中昭夫
しら梅や
北野ゝ茶店にすまひ取

帰る雁
有楽(うらく)の筆の余り哉

又平に逢ふや御室の花ざかり

春の海
終日（ひねもす）のたり〳〵かな

菜の花や
月は東に日は西に

古池の
水まさりけり春の水

灌仏やもとより腹はかりのやど

閻王の口や牡丹を吐かんとす

耳目肺腸
こゝに玉まく芭蕉庵

動く葉も
なくておそろし夏木立

離別れたる
身を踏込で田植哉

夏河を越すうれしさよ
手に草履

祇園会や
真葛原（まくずがはら）の風かほる

身にしむや
なき妻のくしを閨(ねや)に踏(ふむ)

我先へ
出(いづ)る雲あり秋の空

朝がほや
一輪深き淵の色

柳散(ちり)
清水(しみず)涸(か)れ石処〳〵(ところどころ)

名月の
夜に成行（なりゆく）や秋の暮

迷ひ子を
呼ばうちやむきぬた哉

稲かれば
小草に秋の日の当る

楠(くす)の根を
静(しずか)にぬらすしぐれ哉

皃(かお)見せや
ふとんをまくる東山

二人椀久

雪つみて
音なくなりぬ松の風

芭蕉去(さり)て
そのゝちいまだ年くれず

主要参考文献

- 飯島勇、鈴木進『水墨美術大系第十二巻大雅・蕪村』 1973　講談社
- 『島原角屋俳諧資料』 1986　角屋
- 芳賀徹『與謝蕪村の小さな世界』 1986　中央公論社
- 『新潮古典文学アルバム21　与謝蕪村・小林一茶』 1991　新潮社
- 『蕪村全集』（全9巻） 1992〜2009　講談社
- 芳賀徹、早川聞多『水墨画の巨匠第十二巻　蕪村』 1994　講談社
- 『新潮日本美術文庫9　与謝蕪村』 1996　新潮社
- 田中善信『与謝蕪村』 1996　吉川弘文館
- 佐々木丞平、佐々木正子『文人画の鑑賞基礎知識』 1998　至文堂
- 藤田真一『蕪村』 2000　岩波新書
- 藤田真一、清登典子編『蕪村全句集』 2000　おうふう
- 「日本の美術」第109号　與謝蕪村　1975　至文堂
- 「國文學」特集：蕪村の視界　1996年12月号　学燈社
- 「没後二百年与謝蕪村展」カタログ　1983　日本経済新聞社
- 「与謝蕪村と丹後」展カタログ　1994　京都府立丹後郷土資料館
- 「俳画のながれII俳画の美　蕪村の時代」展カタログ　1996　財団法人柿衞文庫
- 「蕪村展」カタログ　1997　茨城県立歴史館
- 「与謝蕪村展—俳・書・画一体の芸術家—」カタログ　2000　山寺芭蕉記念館

本書の第一章、第二章は「芸術新潮」2001年2月号特集「与謝蕪村　江戸ルネサンス最大のマルチアーティスト」を再編集・増補したものです。附はMIHO MUSEUM「与謝蕪村—翔けめぐる創意—」展を機に撮影されたものを再編集・増補したものです。

大野リサ+川島弘世

京都府立丹後郷土資料館
TOREKコレクション
繭山龍泉堂

蕪村 放浪する「文人」

発行 2009年11月20日

著者 佐々木丞平　佐々木正子　小林恭二　野中昭夫
発行者 佐藤隆信
発行所 株式会社新潮社
住所 〒162-8711 東京都新宿区矢来町71
電話 編集部 03-3266-5611
読者係 03-3266-5111
http://www.shinchosha.co.jp
印刷所 大日本印刷株式会社
製本所 加藤製本株式会社
カバー印刷 錦明印刷株式会社

◇掲載データは2009年10月現在のものです。

ISBN978-4-10-602195-4 C0371